박경리
장편소설

뱁새족

다산
책방

차
례

일러두기

1. 국립국어원의 한글맞춤법과 외래어 표기 원칙을 적용하였다.
2. 의성어, 의태어, 개인 방언 등은 작가의 창작의도에 따라 원문을 유지하였다.

1. 유신애의 집

거리에서 산 주간지를 아무렇게나 둘둘 말아 쥔 병삼은 오르막길을 휘청휘청 걸어 올라가고 있었다. 너무 말라서 그러한지 병삼의 키는 멋없이 커 보였고 게다가 품이 넓은 쥐색 바바리코트는 저 혼자, 마음대로 펄러덕거리며 춤이라도 추는 것 같았다. 울타리 안에서 거리 쪽으로 기울어진 개나리도 이리저리 흔들리는 것을 보아 꽃바람이 불긴 부는 모양이지만 개나리는 벌써 지고 있었다.

이때 난데없이 고급 주택가에 심히 향기롭지 못한 냄새가 풍겨왔다. 볼품없고 평생 가난한 것 같은 코를 벌름거리며 병삼이 주변을 살펴보려 했을 때 저만큼, 분뇨 마차가 길모퉁이를 돌아 나오고 있는 판이었다. 분뇨 마차는 드르륵 구르는 소리를 내며 병삼을 향해 내려온다. 말고삐를 단단히 잡고 하늘을 찌르듯 채찍을 쳐든 마부는 푸른색 작업복에 허우대가 좋았고 옛날 제사장처럼 존엄한 수염을 기르고 있었다.

'재미나는 상판이다. 저래도 장관 자리를 하나 못 하는군.'

느닷없이 마부 얼굴을 향해 병삼이 씩 웃는다.

'……'

마부는 슬그머니 뒤를 돌아본다. 뒤에는 자기 자신 말고 사람이라곤 없었으며 방금 뛰놀고 있던 개들도 길모퉁이에서 사라지고 없었다. 고개를 돌린 마부는 어디서 내가 이 양반을 보았더라? 생각이 안 나는데, 하는 시늉으로 눈을 꿈벅꿈벅했다. 병삼은 다시 그를 향해 씩 웃는다.

"허 참."

하다가 영문을 모르고 얼떨결에 두툼한 입을 벌리면서 아무튼 마부는 웃는 낯이 되었다.

그들이 엇갈릴 때,

"거 멋있는 수염인데요? 그래 오늘은 수지가 맞았수?"

병삼이 말을 던졌다.

"웬걸요."

그러고는 마차 바퀴 구르는 소리, 말굽 소리가 지나간 뒤 고급 주택가에 심히 향기롭지 못한 냄새만 남고 한계가 모호해진 봄날의 햇빛과 그늘은 바람에, 아지랑이에 일렁이고 있었다.

새로운 계급의 주택지에는 그들, 돈푼이나 긁어 들인 사람들의 정석적인 건축양식인지 한결같이 슬라브 지붕에 돌기둥 당초무늬의 철문인데 연석이랑 인조대리석을 붙인 벽면은 너무 정리가 잘되어 도리어 집 같지 않게 냉장고나 텔레비전을 연상케 했고, 그러면서 대가리가 큰데 몸뚱어리가 작거나 아니면 그 반대의 느낌이 드는 불균형의 집들이 성곽처럼 거만하게 병삼을 내려다보고 있었다.

"이 지대에도 수세식 변소 없는 집이 있었다니, 거 여간 큰 체면 손상이 아닌걸."

병삼은 아무도 없는 거리에서 이 층, 삼 층으로 기어올라 간 건물을 올려다보며 마음 놓고 웃는다. 그런데 그만 웃음은 트림으로 변하여 끄얼끄얼 거위가 우짖는 꼴이 되고 말았다. 비쩍 마른 것은 아무래도 위장병 탓인 성싶다.

오르막길을 중간쯤에서 옆으로 꺾어 한참 들어간 동네의 분위기는 딴판이었다. 옛날에는 고등관쯤 살았을 것 같은 그 왜색의 권위가 조금은 남아 있는 낡은 건물이 거무죽죽하게 연륜이 찬 수목에 싸여 조용하지만 음산했다.

흰 페인트칠을 한 대문 앞에서 병삼은 걸음을 멈추었다.

여느 집과 다름없이 가옥은 낡고 수목은 우중충했지만 대문만이 혼자 봄을 만난 듯 환한, 이것도 균형이 잡히지 않는 그런 집이었다.

버저를 누르고 나서 병삼은 하늘을 올려다본다. 복숭아뼈가 불거진다. 사슴 눈처럼 벌어진 큰 눈동자에 구름이라도 지나가는 것 같다. 어딘지 희화적인 이 인물에게 전혀 다른 창문이 있었는지 눈빛은 복잡하고 냉엄했다.

"누구세요?"

계집애 목소리가 안에서 났다.

"나야."

"아저씨예요?"

덜거덕거리며 빗장 따는 소리가 나더니 쪽문이 열렸다. 고르고 하얀 이를 드러내며 웃는 순이의 얼굴이 나타났다. 큰 키를 꺾어 쪽문 안으로 들어선 병삼은,

"순이 너 이빨을 보면 언제나 씨원한 배를 먹어봤으면 싶어. 사각사각 소리가 나는 것 같애."

"아저씨는 그 실없는 소리 또 하시네."

빗장을 지르면서 순이는 기쁜 듯 말했다. 빨래를 하다 나왔는지 소매를 걷어 올린 두 팔뚝은 분홍빛이었고 물방울이 햇빛에 반짝이고 있었다.

"이거 무슨 냄새야? 고약하군."

"변소 펐거든요."

"오오라…… 바로 이런 집을 위해 그 양반이 왔다 갔구먼."

"……."

"누님 계셔?"

"네."

"날씨가 좋지?"

"봄이네요."

"선들선들하니 미쳐날 것 같다. 순이 마음에도 선들선들 바람이 불 거야. 그렇지?"

짓궂게 다가선다. 순이는 몸을 사리며,

"몰라요, 몰라! 괜히 또 그러셔? 아니, 가로, 가로야! 저눔의 장난꾸러기가 비누를!"

비누를 물고 달아나는 개를 쫓아 순이는 뒤뜰로 달려간다. 뒤뜰에서 개를 때리는지 깨갱거리며 우는 소리가 들려왔다.

정원은 넓은 편이었다. 이삼만 원? 값이 나갈 만한 향나무가 여러 그루 있었고 서너 자쯤 자란 회양목의 묵은 잎새 위에 벌써 새순이 돋아나고 있었다.

어항 속의 용궁 같은 돌다리가 걸려 있는 작은 연못은 좀 쑥스러워지는 풍경인데 물은 거의 바닥이 나서 붕어 한 마리 살고 있는 것 같지 않았다. 그 밖에 일인들이 남겨놓고 간 석불石佛이며 석등石燈 따위가 여기저기 나동그라져 있었다.

병삼은 담배를 붙여 물고 연기를 내어 뿜다가 일부러 연못까지 가서 꽁초를 버리고 조롱하는 웃음을 띠며 성큼성큼 현관으로 들어간다.

다 망가진 비누를 들고나오던 순이는 병삼의 뒷모습을 힐끗 쳐다본다.

양실인 응접실 옆을 지나 어두컴컴한 복도를 쿵쿵 구르며 안방 앞에까지 간 병삼은 방문을 냉큼 열었다. 전화통에 매달려 한참 이야기 중이던 유 여사는 노크 없이 불쑥 들어선 동생의 버르장머리를 나무라듯 눈살을 찌푸렸다. 그러거나 말거나 미안해하는 기색 없이 병삼은 털썩 주저앉는다.

"방이 왜 이리 더워?"

코트를 벗어 윗목에 후딱 던지고, 들고 온 주간지도 던지고, 비듬이 떠 있는 머리를 긁적긁적 긁는다.

유 여사는 등을 돌렸다. 너까짓 것 꼴도 보기 싫다는 기분이었던 것 같다.

연옥색 반회장저고리에 남색 치마를 입은 유 여사는 누구네 집 파티에 초대되어 가는 차림새였다. 머리도 단정하게 빗어 넘기고. 그러나 그렇지는 않았고 항상 성장으로 깨끗하게 화장을 하고 있는 것이 유 여사의 취미였다. 대단한 미인은 아니었지만 살빛이 곱고 몸의 선이 우아했으며 지적인 냄새도 약간 풍기는 그런 여자였다.

"음, 음, 그럼, 그건 나도 알고 있어. 하지만 바로 들이대며 이야기할 순 없잖어, 내 처지가 말이야……. 이 애 그런 소리 하지 말어, 커미션이 다 뭐냐? 내가 뭐 브로커니? 아무튼 먼저 누가 다리를 놓은 뒤 슬그머니 불을 지펴볼 순 있지. 음, 음, 그래서 뭐라구?"

"꿀통이군, 꿀통. 한번 매달리기만 하면 세월 가는 줄 모르거든."

병삼이 빈정거린다.

"실은 나도 잘은 몰라, 어쩐지 수상쩍은 구석이 없지 않지만. 얘기가 났으니 말이지 그 애 머리가 비어서 탈이야. 뭐? 음, 차 선생한테 교태를 부리더라구? 그런 걱정은 말어. 재색을 겸비한 데다 아이가 수두룩한 너 위치는 흔들리지 않어. 너도 그런 면에선 좀 신경과민이더라. 아무리 지가 절세미인이라도 널 어쩌겠니? 뱁새가 황새 따라가려면 가랑이가 찢어진다고 하지만 우리 수준에서 놀고 싶어 하는 걸 내버려두어."

"엿가락처럼 무한정 늘어지는군."

병삼은 팔베개를 하며 드러눕는다. 방바닥이 후덥지근했다.

멀뚱멀뚱 천장을 올려다보며 유 여사의 전화질을 듣고 있던 병삼이 약이 올랐던지 잡음을 넣기 시작한다.

"밤낮 해봐야 시시한 얘기, 시시한 족속들의 얘기라는 건 뻔하지. 누구네 집에 누구누구가 초대되고 누구누구는 빠지고 누구하고 누구의 눈길이 맞았고…… 대충 그런 거지. 남의 나라에서처럼 귀부인들이 살롱을 열어 정계를 주름잡고 예술의 전당이 되고……. 그런 흉내를 내고 싶은 모양이지만 따라가 주어야 말이지. 좀 거창한 말씀을 하신다면 웅장한 코의 소유자인 시라노·드·벨주락께서는 외사랑하던 절세가인에게 주보週報를 들려주었다는데 사교계의 가십이라도 그 정도까지 올라가려면 아득하외다. 농사꾼 계집들한테 다이아몬드의 목걸이를 걸어준 격이지. 가랑이 찢어지게 생겼어 가랑이. 뱁새가 황새 따라가려면 으흐흐……."

15

이 빠진 노인이 문어 다리를 씹듯 우물쩍우물쩍 중얼거리던 병삼은 뭐가 그리 신이 나는지 끼둑끼둑 웃는다.

"하긴 귀족들이 쪽을 못 쓰게 된 것도 한 백 년 전의 얘기고 보면 흉내 내어 뭘 하누, 앞이 바빠서 대가리가 먼저 가다가 코방아를 찧게 생겼는데. 어느 나라더라? 귀족을 때려잡은 사람백정이 손 씻는 은그릇에 고깃국을 끓여 먹는, 하 참 내, 조상이란 다 그런 거지 뭐. 지금 이 고장에서 꼬부랑 글씨에 금자박이 책이라면 모조리 쓸어다가 서재를 꾸민다든가, 추상화를 거꾸로 매달아둔다든가, 오줌을 싸는 아이의 분수를 만든다든가 다 고마운 말씀 아닌가. 물건은 사람보다 명이 기니까 몇백 년 지나고 보면 골동품이 되고 유물이 되고, 낙원동엘 가봤더니 일정 때 중국집 우동 대접이 골동품 가게에 있던걸. 문화라는 건⋯⋯."

전화 내용에 어떤 복선이 깔려 있는지 모르지만 겉으론 다반사 같은 대화를 두고 아닌 게 아니라 병삼의 말대로 이야기는 거창하여 역사에서 문화까지 들추어 늙은이가 문어 다리 씹듯 중얼중얼이다.

"그러나 딱하다는 것은 그게 무슨 영화더라? 젊은 사자? 거기 나오는 은발인가 백발인가 하는 그 여배우 말인데, 그 여잘 꼭 닮아야겠다는 그 생각 말이야. 요부라는 것도 볼륨이 있어야지. 물건은 세월이 가면 골동품 값이나 나가지만 사람이야 뭣구덕에 들어가면 썩기밖에 더 할라구? 멋쟁이다, 멋이 있다…… 그렇지, 그놈의 멱에서 쟁이를 뜯어낼려면, 아마 그 여자는 강원도 산골에 가서 한 십 년 감자나 심어 먹다 돌아온대도 쟁이가 안 떨어질 거야. 흐흠, 뒤덮인 머리카락 사이로 지그시 사람을 응시하며 담배를 태운다? 그게 어디 퇴폐미야?"

군소리를 더 계속할 판인데 참다못한 유 여사는 수화기를 손바닥으로 막으며,

"너 무슨 잠꼬대를 하고 있니? 은경이 얘기냐?"

목소리는 올곧지 않았다.

눈을 치켜뜨며 얼빠진 얼굴로 병삼이 쳐다본다.

"허리뼈가 굽었니? 일어나 앉어!"

부시시 일어나 앉는다.

유 여사는 수화기에서 흘러나오는 상대편의 얘기를 들으면서 한편 병삼에게,

"마음대로 휘어잡히지 않는다고 여자 욕을 하는 것은 졸장부의 짓이야. 또 말은 어찌 그리 많아. 그러니까 은경이, 널 좁쌀이라 하잖니?"

병삼은 딴전을 피웠다.

"전화 끝나는 것 기다리다간 허기 들겠수. 누님, 팔 안 아프슈?"

"잔말 말어. 이 좁쌀아!"

"내 할 말을 사돈이 하시네."

할 수 없었던지 유 여사는 웃었다.

"잠깐만 기다려. 곧 끝날 거야. 아, 아냐, 동생이 왔어. 괜히 주책을 떨고 있잖어. 뭐? 아직 애인도 없느냐구? 말도 말아라. 눈이 삐어진 여자라면 몰라도…… 아예, 중매 설 생각도 말어. 뺨 맞는 꼴 나는 못 보아준다."

"죄 없는 백성 구워 먹고 삶아 잡숫고 마음대로 하슈."

병삼은 재떨이를 끌어당겨 담배를 붙인다.

긴 전화는 이제 겨우 막바지에 이른 모양이다. 마지막 다짐을 하고, 무슨 중대사인지 다짐을 한 번 더 되풀이하고 수화기를 놓는다.

"아이구우."

병삼은 기지개를 켰다.

유 여사는 순이를 불러 커피를 끓여 오게 한 뒤 위엄 있는 어머니같이,

"언제 철이 드니? 너 나이 삼십이 넘었어."

그렇게 따지고 나오는 품이 할 말이 많을 것 같다.

"피장파장 아니오. 누님도 심심하니까 전화통에 매달리는 거구, 나도 심심하니까 군소리해보는 거구."

다방에서 친구들에게 하는 것처럼 담배 연기를 뿍뿍 내어뿜으며 말했다.

"하여튼 말이 많아 탈이다. 안 해도 좋을 말, 만사를 농지거리로 돌리는 버릇, 그러니 사람이 불성실하게 보일밖에. 은경이만 한 애가 어디 있는 줄 아니? 너에겐 넘고처진단 말야. 쓸

데없이 그 애 흉은 왜 보니?"

"꿈자리 시끄러울 소리 하지도 마슈. 그 여잘 얻으려면 차라리 이 집의 순일 데려가겠어요."

유 여사는 엄격한 표정을 풀고 미소를 띠며,

"은경이 욕을 자주 하는 것도 실은 관심이 있어서 그런 거야. 관심의 표시지. 안 그래? 싫으면 묵살해버리는 거지, 안 그러냐?"

병삼이 찔끔한다. 유 여사의 논리가 그럴싸했던 것이다. 병삼의 당황하는 꼴을 재미난 듯 바라보던 유 여사는,

"그런데 오늘은 무슨 바람이 불어서 왔니?"

"⋯⋯."

"그러지 않아도 난 너 얼굴 잊어버릴까 걱정했다. 전화를 하니 받아주나 기별을 하니 와주나. 대할 낯이 없어서 그랬다면 기특하게나 생각하겠다만."

비비 꼰다.

"여기저기 돌아다니느라고 그랬죠."

"취직운동하러 다녔니?"

깐깐하게 여전히 꼬는 투다. 병삼은 픽 웃었다.

"그보다 돈 이십만 원만 돌려줄 수 없어요?"

"이십만 원?"

"안 되겠어요?"

병삼은 다소 심각해져서 담배를 눌러 껐다.

"뭣에다 쓰게? 그보다 그만한 돈 너에게 안 돈단 말이냐?"

"한 달 후면 나와요. 누님한테 없음 매부한테 부탁해주시든지."

"글쎄 되기야 어느 쪽이든 되겠지만."

순이가 날라 온 커피 잔에 설탕을 넣으면서 유 여사는,

"그런데 어디다 쓸려구 그러니."

덧붙였다.

"돈장사 할려구요."

"……."

"시민금고를 하겠단 말입니다. 장바닥에서는 달러 변이 삼할이랍니다."

유 여사는 마시던 커피 잔을 접시 위에 놓았다. 스푼이 부딪는 소리가 났다.

"아아니, 뭐라구? 너 미쳤니? 아이 기가 막혀. 그래 그 하늘의 별 따기보다 어려운 S대학의 강사 자리를 내놓고 기껏 궁리한 것이 그거냐?"

하늘의 별 따기보다 어렵다는 말을 할 적의 고상한 유 여사의 얼굴은 유치하고 바보스럽게 보였다.

"한 강좌 오백 원짜리 대학 강사가 하늘의 별 따기라면 그건 너무 처량한 얘기겠고…… 학문의 고행자라면 모르지만 나같이 시끄러운 약장수, 거리에 나와 풍각이나 잽히는 게 제격 아닙니까?"

놓쳐버린다.

"내가 여기저기 줄을 놓아서 마련한 자리를 떠밀어내도 안 나와야 하는 건데 뭐가 잘났다고 사표를 내고, 한다는 소리가, 아이구 기가 막혀. 그래 불란서까지 갔다 와가지고 시민금고냐? 차라리 노랑 바가지 쓰고 시청 앞에 가서 길이나 쓸어라. 아이 치사스럽다!"

조그마한 주먹을 쥐고 열이 나 못 견디겠다는 듯 유 여사는 동생을 노려본다. 순간 병삼의 눈이 싸늘해졌다. 칼끝처럼 날카롭고 잔인한 눈에 장난기나 조롱 같은 것은 싹 가셔졌다. 그 눈이 다음 무슨 언동으로 나올 것인지 오랜 경험에서 잘 알고 있는 유 여사는 슬며시 얼굴을 돌린다.

"도대체 뭐가 치사합니까?"

병삼은 바락 소리를 질렀다.

"요컨대 자가용 타고 사업가들 집을 돌면서 이자 거두러 다니는 족속들은 고상하고 가난한 상인들 상대하여 발로 걸어 다니는 일수놀이는 치사하다 그 말씀인가요?"

"이거 생사람 잡는구나. 남 들을까 무섭다. 원, 사람의 체면이 있지. 누가 자가용 타고 이자 거두러 다녔니?"

펄쩍 뛴다. 그러나 별로 심각하지는 않았다. 서로의 실속이야 어떻든 눈 가리고 아웅의 형식이나마 유지하려고 그러는지 아니면 항상 이런 식으로 두 사람 사이에 왈가왈부가 있어서 습관이 되어 있었던지⋯⋯.

"남의 앞에서 화장 안 하는 사람이 어디 있습니까? 하지만 귀부인이고저 하고, 여류 명사이고저 하고, 청렴결백한 인격 자이고저 하는 그 화장이 너무 짙어서 회벽이 되었다면, 그건 흉물이지 어디 미인이라 할 수 있겠어요?"

동생을 외면한 유 여사의 얼굴이 불쾌감에 일그러진다. 병삼의 눈은 더욱 잔인하게, 어쩌면 병적으로 잔인하게 빛났다.

"다방을 경영하고 영업용 택시를 굴리고, 때론 홍콩에서 온 보따리까지 취급하면서…… 뭐 조상님한테 막대한 유산이라도 물려받은 것처럼, 그렇게 말하고 싶은 거죠? 그러지들 마세요. 체면이 두렵고, 치사한 짓이라 생각되면 안 하는 거지, 안 하는 거요."

"그럼, 날더러 광고하고 다니란 말이냐!"

소리를 팩 지른다.

"결국 마음가짐 얘기란 말입니다. 누가 광고하고 다니랬어요? 누가 못 하게 했어요? 일수놀이 하려는 놈이 남의 사업 말리게 돼 있어요? 남의 눈만 가리면 여왕도 될 수 있다는 그 위선이 구역질 난다 말입니다."

"악취미야! 넌 내가 의논했을 때 한 번이나 좋다 궂다 얘기한 적이 있었니? 히죽히죽 웃으며 만사를 장난 기분으로 넘기다가 심심해지면 그런 얘기 새삼스럽게 꺼내어 어쩌구저쩌구. 내가 너한테 뭘 잘못했다구 이러니? 세상에 하나밖에 없는 골육이 글쎄……."

유 여사는 손수건을 꺼내어 눈물을 닦는다. 이야기의 방향도 다르지만 우는 모습을 보아 분하고 속이 상해 하는 표현은 아닌 것 같았고 저자세, 병삼의 마음을 누그러뜨리기 위한 수단인 것 같았다.

유신애 여사는 결코 동생을 미워하고 있지 않았다. 염치나 사정 볼 것도 없이 마구 찔러오는 병삼의 말에 부끄러움을 느꼈던 것도 아니다. 그런 면에 있어서 유 여사는 유들유들한 여자였는지도 모른다. 다만 그는 병삼의 사고방식이 못마땅했고 비정상적이며, 그러나 예술가 기질이거니 하고 감수하는 여유가 없었던 것은 아니다. 유 여사의 생각은 언제나 현실적이며 실상 그 현실적인 사고방식을 위해 지성이라든가 교양, 심지어 체면 같은 것도 필요한 소도구에 불과했을 것이다.

만일 유 여사가 동생 아닌 다른 사람으로부터 그런 면박을 —남의 일에 그런 면박을 줄 사람도 없겠지만, 사실 유 여사의 화장이 회벽이라는 것을 알고 있는 사람은 병삼이뿐이었으니까—당하였더라면 그것으로 우정이든 친분이든 그들의 관계는 끝났을 것이다. 그런데 구박을 당하면서 이상한 일은 대소사를 막론하고 동생에게만은 비밀이 없다는 사실이다. 무슨 일이든, 남편에게조차 알리지 않았던 일을 병삼에게만은 털어놓았다.

조개가 숨 쉴 구멍을 뚫어놓는 것과 같이 사람의 경우도 정신위생을 위해 비밀히 뚫고 나갈 구멍 하나는 마련해놓는 습성이 있다고들 한다. 유 여사의 경우 병삼은 비밀의 배설로 같은 것이었을까. 아니면 이제 자식을 가질 희망이 없고 그의 말대로 하나밖에 없는 골육이니 모성이 그곳으로 전이되어 순수해진 애정에 흥허물이 뭐 있겠는가 하는 헤픈 생각에서였는지. 그것도 아니라면, 오래 관리 생활을 하는 동안 처세가 매끄럽고 신중하여 퍽 손발이 잘 맞는 내외간이면서 생활감정에는 우둔한 남편에 비해 기질적으로 예술가라 믿고 있는 병삼에게 유 여사는 이미 사라진 자신의 꿈을 부어주는 착각에 빠져 동생을 분신처럼 생각하여 그러는지 모를 일이다.

병삼이 귀부인이고자 하고, 여류 명사이고자 하고, 청렴결백한 인격자이고자 하는 화장이라고 야유를 했는데, 여류 명사라는 말만은 전혀 근거 없는 것은 아니다. 천하가 알 정도는 아니지만 사회적으로 약간은 알려진 유신애 여사다. 전문학교 시절에 받은 재원이라는 칭호가 별로 발전을 보지 못했지만, 아무튼 한때 정당에 관계한 일이 있었고, 무슨 여성단체의 간부로서 남녀평등의 깃발을 든 전위대前衛隊는 아니었을지라도 차분하게 후방에서 교양 부문, 소위 두뇌적 역할을 한 일이 있었다. 그런 위치에서 자연히 지상에 글을 발표하게도 되었는데 이런 여사에게 여성 지도자라는 명칭은 너무 거창할 것 같고 어물쩍어물쩍해가지고 여성문제연구가쯤의 명함이면 어떨까? 학교 시절의 유 여사를 아는 사람이면 여류 화가나 여류 문필가로 예상했을 것이다. 유신애는 글 잘 쓰고 그림 잘 그리고 음악에도 조예가 깊었던 멋쟁이 아가씨였으니까.

유 여사는 곧잘 말했다. 실은 재주에 마음이 따라가지 못하여 고갈된 자기 자신을, 너무 일찍 결혼했기 때문에 재능이 꺾이고 말았노라고. 그것은 결코 비극적인 자위는 아니었다. 과거의 의상을 한번씩 꺼내어 걸쳐보고 주변에다 추억을 환기시켜보고 싶은 심정에서였던 것이다.

아무튼 영리한 여자임에는 틀림이 없고 모두가 다 과거지사지만 그것은 오늘의 발판이 되어 상류사회를 누비며 모든 것을 잘 해나가니까. 그 비결은 아무래도 권력과 금력, 명성이 지닌 권위에 맹목적으로 추종하는 그 현실성과 바탕에 착한 면이 있어 음모를 꾸미는 일이 없고 중상모략을 깊이 삼가는 그 신중성이 신뢰를 얻었을 것이며 팔방미인의 사교를 가능케 했을 것이다.

유 여사는 눈물과 콧물을 닦더니,

"너 사실은 돈이 필요했던 것 아니지?"

하고 물었다.

"공연히 트집을 잡아서 학교 그만둔 일을 얼버무리려고 그런 거지? 잔소리하는 입을 막으려고 말이야."

병적 현상이 지나간 것처럼 병삼의 얼굴에서 잔인하고 냉정한 빛이 사라졌다. 그는 빙긋이 웃었다. 유 여사가 말한 그런 기분이 전혀 없었던 것은 아니다. 시민금고를 하겠다는 말은 거짓말이었다. 시민금고라는 게 어떻게 되어먹은 것인지 병삼은 그것조차 몰랐다. 그러나 이십만 원의 돈이 필요했던 것은 틀림이 없다.

"내가 그럴 줄 알았지. 넌 약점이 있을 때 언제나 나를 먼저 쳐서 기를 죽이려 하더구나."

갑자기 유 여사는 기승해졌다.

싸움은 일진일퇴의 되풀이. 어지간히 이 오누이의 수작도 괴상하다. 의젓한 어른들이 어른들의 말씨로 싸우는데 감정적으로는 소꿉장난하다 싸우는 아이들과 다름없었다.

"내가 전화를 걸고 사람을 보내고 해도 미꾸라지처럼 솔솔 빠져 다니더니 그래 내가 애를 써서 된 그 자리를 뭐가 불만이어서 그만두었니? 처음부터 널 교수로 모셔갈 줄 알았니? 오백 원짜리 강좌라구? 돈에 걸신이 들었니? 빌딩이야 날렸지만 그래도 집 있어, 땅 있어, 뭐가 아쉬워? 남들은 그런 처지가 못 되어 학교에 남질 못하는데, 세상에 너 같은 딱한 애는 처음 봤다. 너 아까 뭐랬지? 조상이 어쩌구? 입이 열 있어도 말 못 한다. 나는 출가외인이니 아무 혜택도 못 봤어. 또 바랄 나도 아냐. 하지만 넌 그만하면 조상 덕 본 셈 아냐."

"그렇죠. 남사당 패거리의 조상님 덕은 못 보아도 엿판 둘러메고 두메산천을 헤매던 조상님 덕택으로 구라파 구경은 잘 했죠."

유 여사는 질색을 한다.

남사당 패거리는 증조부를 두고 한 말이요, 엿판 둘러메고 두메산천을 헤맸다는 조상은 조부를 두고 한 말이다. 엿판을 멘 조부 대에 와서 유씨 집안의 살림은 일었던 것이다.

"나는 부자가 된 우리 조상님보다 남사당이나 엿판 멘 조상님이 더 좋아서 한 말인데 왜 그리 놀라세요?"

"잠꼬대 같은 소리 작작 해!"

이때만은 유 여사 눈에 증오의 빛이 돌았다.

"얼마나 낭만적인 일입니까. 엿판 하나만 둘러메면 구름 흐르는 대로, 발 가는 대로, 어설프게 돈푼이나 벌어났기에 나는 겉멋 들린 광대가 된 것 아닙니까? 히죽거리니까 심각한 광대보담은 덜 우습지만."

슬슬 약을 올려주는 것이었으나 병삼의 얼굴에는 자조의 빛이 돌았다. 이때 문밖에서 순이가,

"손님 오셨어요, 선생님."

하고 말했다.

"누군데?"

"저 혜화동의 그분이……."

"나 있다고 했니?"

"네."

유 여사는 혀를 찼다.

"그럼 들어오라 해."

순이의 발소리가 현관 쪽으로 멀어져 갔다.

유 여사는 증오에 찬 눈으로 동생을 노려본다. 엿판이나 남

사당이라는 말은 유 여사에게 치명적인 것이었다. 그 스스로도 할아버지라든가 아버지라는 고유명사를 쓰지 않고 조상이라 총칭하는 데에는 그만큼 그 전설을 지워버리고 싶은 심정이 강해서였다. 비록 재산은 사내인 병삼이 물려받았으나 사실 유 여사는 가공架空의 가문家門을 물려받았던 것이다. 모두 임자가 있어 섣불리 명문 귀족의 가문을 훔칠 수 없었지만 분명하지 않은 대로, 아무튼 선비 집안의 규수쯤으로 되어 있는 그에게 엿장수, 남사당이 될 법이나 한 말인가.

"언니, 들어가도 괜찮아요?"

손에 땀이 밴 것처럼 끈끈한 여자의 목소리가 문밖에서 들려왔다.

"음, 들어와."

유 여사는 재빨리 눈의 독기를 풀고 본연의 자세로 돌아갔다.

방문이 스르르 열렸다. 미소 짓는 여인은 소복이었다. 갈맷빛 코트를 팔에 걸치고 있었다.

"손님 오셨네요. 실례합니다."

역시 목소리는 끈끈했다. 그러나 방 안으로 들어서는 모습은 환했고 마술사처럼 몸가짐이 가뿐해 보였다. 여인은 미소를 머금은 채 얼빠진 듯 바라보는 병삼과 단정하게 앉은 유 여사를 번갈아 보았다.

"청승스럽게 웬 소복이냐? 모르는 사람이 보면 오해하겠구나.”

끈끈한 여인의 목소리 탓인지 유 여사의 목소리는 한결 은은하게 들렸다.

“생과분 걸요, 뭐.”

목소리 따로, 모습 따로, 그렇게 판이했다. 한 마리의 학같이 품위 있고 아름다운 여인이 어째서 그렇게 촌스러운 목소리를 지녔을까, 생각하면서도 병삼은 넋이 빠진 듯 여인을 바라보고 있었던 것이다.

“앉어. 동생이야. 인사해. 여학교 때 내 후밴데 그야말로 예술 애호가야. 김윤이 씨, 부군께서는 지금 미국에 가 계시는데 저명한 물리학자시지.”

예술 애호가야 할 적의 투는 다소 아이로니컬했다.

“처음 뵙겠습니다. 언니한테 말씀 많이 들었습니다.”

“아, 네…… 저.”

하는데 그만 트림이 올라왔다.

“너 요즘에도 위장이 안 좋으냐?”

“아뇨, 괜찮았는데…….”

소년처럼 고분고분해졌다. 유 여사는 윤이에게,

“대학에 나가고 있어. 본시는 화가였었는데 지금 미술평론가로 행세하는 거야, 호호호.”

유 여사가 설명하는 것으로 보아 말씀 많이 들었다는 윤이의 말은 그냥 인사치레였던 모양이다. 당황하던 중에도 병삼은 쓴웃음을 띠었다. 윤이의 경우는 그렇다 치고, 지금까지 결국은 그 대학의 강사 자리를 그만둔 때문에 왈가왈부, 조상님네 성분까지 드러내게 됐는데, 아무리 건망증이 심하기로서니 그럴 수가 있나 하고 병삼은 웃었던 것이다.

"무슨 좋은 소식이라도 있었니?"

유 여사는 다음 화제로 쉽게 옮겨갔다.

"그저 그렇죠, 뭐."

좋은 소식이 있는 것 같기도 하고 없는 것 같기도 한 알쏭달쏭한 표정이다. 병삼이 옆에 있기 때문에 얼버무려둔다는 그런 표정이기도 했다.

"그런데 언니 왜 우셨수?"

눈치가 없는 여자라고 병삼은 생각했다.

"아, 아니야."

"우신 것 같은데……."

"돌아가신 어머님 얘길 하다가 그만…… 조금 울었지."

윤이는 병삼을 쳐다보았다. 쳐다본 채,

"언니는 전복을 좋아하시던가 몰라?"

"전복?"

"오다가 시장에 들러 좀 사 왔는데."

"소복을 하구서 시장엘 갔었니? 그래도 옷이 말짱하니 용하구나."

"식모를 보내려다가 잘못 사 올까 싶어서…… 부엌 애보구

물에, 아니 날씨가 아직 쌀쌀해서 괜찮을 거예요. 저녁에 잡수세요."

두 여자가 얘기하는 동안 병삼은 꾸어다 놓은 보릿자루처럼 앉아 있었다.

'보면 볼수록 잘생긴 여자구나. 완성품이야. 유 여사의 삼 년 후배라 하더라도 사십은 됐을 텐데…….'

눈언저리에 잔주름이 없는 것은 아니다. 그러나 나이 때문에 본시의 고운 선은 조금도 허물어지지 않은 것 같았다.

끈끈한 소리와 은은한 소리는 정답게 이야기를 이어나가고 있었다.

순이에게 있다고 했느냐 하며 혀를 찬 것을 보아 그다지 환영할 만한 손님은 아닌 모양인데 사람을 많이 대해왔기 때문인지 유 여사의 태도는 선배답게 다정하면서도 위엄이 있었고 소탈하게 얘기하는 것 같으면서도 대화의 한계는 분명했다. 어쩌다가 남의 흉보는 곳으로 윤이의 말이 빗나가면 유 여사는 적당히 견제하여 분위기를 일정한 선線에다 올려놓는 것이었다. 윤이의 미모에 비하면 태양 앞에 달 같은 유 여사의 존재는 그럴 때마다 번득 빛을 발하여 세련의 아름다움이 윤이의 용모를 능가하곤 했다.

그러나 어쨌든 신이 주신 윤이의 조형미는 병삼의 눈에 신성하고 상쾌하게 비쳤다.

"아니, 우리 집에 온 차가 아닐까?"

이야기를 하다 말고 유 여사는 귀를 기울였다. 거리 쪽에서 부웅부웅 클랙슨이 울리고 있었다.

"매부가 오시나 부죠."

처음으로 병삼이 입을 디밀었다.

"우리 차 소리는 아냐. 오늘은 늦게 오신다고 전화가 온걸."

찾아오는 사람이 많기 때문에 자연히 바깥 차 소리에 대해서 유 여사는 민감해지는 모양이다. 마침내 버저가 집 안에서 울렸다.

유 여사는 재빨리 거울 앞에 가서, 울었기 때문에 다소 망가진 화장을 고치고 머리도 매만진 뒤 다시 제자리로 돌아와 윤이하고 아까 하던 이야기를 천연스럽게 계속했다.

밖에서 순이가 전갈해왔다.

"선생님, 이사장님 댁 사모님이 오셨는데요."

"그래, 혼자 오셨니?"

"네!"

"응접실에 모셔, 나 곧 나갈 테니. 은숙이가 왔구먼."

병삼은 순간 반사적으로 코트를 집어 들었다. 윤이의 얼굴은 좀 긴장한 것 같았다.

"나, 나가겠습니다."

엉거주춤 일어서며 병삼이 말했다.

"왜? 가기는 왜 가아? 잘 아는 처지에."

유 여사는 속셈이 따로 있는 표정으로 굳이 잡는 것도 아닌 투의 말을 했다.

병삼은 윤이를 힐끗 쳐다보았고, 윤이는 무슨 까닭인지 긴장한 그대로 병삼의 시선에는 관심하지 않았다.

"전화로 연락하겠어요."

"뭘?"

하며 유 여사는 의아하다는 듯 동생을 쳐다보았다.

"아까 말한 그것 말입니다."

"이십만 원?"

"가급적이면 빨리 마련해주세요."

"그럴게."

방을 나서려다 말고 병삼은 당황하며 돌아보았다.

"그럼, 노시다 가십시오."

하고 윤이에게 인사했다. 윤이는 긴장해 있던 얼굴에 웃음을 띠고,

"안녕히 가세요."

하며 고개를 숙였다.

병삼이 구두를 신고 현관에서 막 나가는데 그새 응접실로 들어간 줄만 알았던 은숙이, 대문을 들어서는 것이었다. 순이는 문을 잡고 우두커니 서 있었다. 은숙의 걸음걸이는 매우 활발했다.

"미스터 유! 안녕하세요?"

먼저 인사를 걸었다.

"네, 안녕하셨어요?"

의젓했으나 병삼은 마지못해 하는 듯 인사를 돌려준다.

요즘 유행인 미니컷을 한 은숙은 어디 다녀서 오는 길인지 쥐색 플란넬의 슬랙스에다 노란 재킷의 가벼운 차림이었다. 까무잡잡한 얼굴에는 잔주름이 많았다. 짙게 아이섀도를 칠한 눈과, 가늘게 그린 눈썹은 얼굴이 검은 탓인지 별로 깨끗한 인상을 주는 것 같지는 않았다. 그러나 돈이 남아돌아가는 계층의 여성인 것만은 일견하여 알 수 있었다.

"그런데, 왜 가시는 거요? 내가 쫓아버리는 거 아닐까?"

"그럴 리가 있겠습니까. 좀 급히 가야 할 곳이 있어서요."

"우리 은경이가 한번 만나보고 싶다 하던가?"

"……."

"그림을 살라나 봐요. 그 애 지론이지만, 그림이라는 것은 장식 효과를 실컷 누리고도 나중에는 돈이 되니까 투자치고는 고상한 편이라던가? 그 애는 여간 실속파가 아니거든요."

'이쯤 되면 한국의 화가들도 지위 향상이다.'

"그렇게 하려면 아무래도 좋은 그림을 골라야 할 거고, 따라서 미스터 유의 조언도 필요하다, 그런 이야기겠죠."

말이 적은 편은 아니다. 그리고 습관에서 온 우월감이, 너에게 베풀어준다는 식의 기분 나쁜 친밀을 나타내는 어투이기도 했다.

"별말씀을 다 하십니다. 제가 뭘 안다구요. 미스 정이야말

34

로, 그 높은 안목에는 제가 평소부터 모자를 벗는 바입니다."

모자도 없는 빈 머리에서 모자 벗는 시늉까지 한다. 어지간히 야유적인 그 언동을 몰라볼 만큼 은숙이 바보는 아닐 텐데, 바보가 아니기 때문에 받아넘기는 여유가 있었을 것이다.

"신사 교육은 철저히 받았구먼. 어느 누구의 동생이라구. 거절도 그쯤 완곡하면 노할 여지가 없지. 아무튼 좋아요. 일간에 한번 모임이 있을 테니까 그때 봅시다."

"아니 거기, 무슨 밀담이야?"

현관 복도에서 유 여사가 기웃이 내다보았다.

유 여사 어깨 너머 윤이도 있었는데 은숙의 검은 얼굴을 보던 병삼의 눈에 윤이 얼굴은 한층 더 흰 것 같았고 한편 유령과 같은 착각이 들었다.

"저, 갑니다."

유 여사에게 말을 던져놓고,

"그럼, 바쁘신데 가보세요."

고개를 까딱하고 은숙은 돌아섰다.

"제기랄!"

침을 탁 뱉으려다 그만둔다.

"아저씨, 가시는 거예요?"

그때까지 할 일 없이 멋쩍어서 서 있던 순이가 물었다.

"음, 간다. 문 닫아걸어."

병삼은 대문을 나섰다.

"안녕히 가세요, 아저씨. 여름에 배 사드릴게요."

하더니 순이는 킥 하고 웃었다.

"그래."

담벽 가까이 검정빛 세단이 세워져 있었다. 온실이 있는 별장에라도 다녀왔는지 열대식물 같은 것이 차창에 비쳐 보였다. 운전사는 시트에 기대어 신문을 읽고 있었다.

검정빛 세단을 보는 순간 병삼은 윤이 소복 생각을 했다. 소복은 흰 모란꽃이 되고 세단은 검정 나비가 되어 병삼의 망막을 어지럽혔다. 병적인 환상 같은 것이었다.

그는 언덕길을 터덜터덜 내려간다. 터덜터덜 내려가던 병삼은 별안간 걸음을 빨리했다. 코트 자락이 펄럭펄럭 나부꼈다. 무엇에 쫓겨가듯이 불안한 눈빛이다. 덜미를 잡을 거야, 덜미를 잡을 거야 하고 그는 생각했다.

쏜살같이 가던 병삼은 걸음을 늦추었다. 덜미를 잡힌 것이다. 권태라는 괴물에게, 아니 지금은 권태 말고 고독이라는 귀신이었다.

'신사 교육은 철저히 받았구먼. 어느 누구의 동생이라구.'

구역질이 나는 은숙의 말이 되살아왔다. 신랄할 것도 없고 재치 있는 말도 아니며, 누구의 자식이라구, 누구의 제자라구, 흔하고 흔해빠진 말이다. 그따위 말을 한 은숙의 의도를 헤아리고 구역질을 느꼈다면 병삼은 졸장부다. 그러나 은숙의 의도와는 하등 관계 없는 근본적인 약점이 그 말 속에 있었다.

결혼을 일찍 했기 때문에 재능이 꺾였다고 말하는 유 여사는 자신의 분신 같은 느낌을 병삼한테서 받을 적에 기뻤을 것이다. 그것은 자신을 사랑한다는 이야기가 된다. 그러나 그림을 그리다가 팽개치고 어줍지 않게 미술평론의 상표를 붙인 병삼은 유 여사를 한 핏줄로 느낄 때 심한 증오감을 갖는다. 그것은 자신을 증오한다는 이야기가 될 것이다.

'어느 누구의 동생이라구.'

'그럼, 어느 누구의 동생이라구. 잔재주를 조금 타고났지.'

병삼은 화가로서의 재능이 없다는 것을 재확인할 수밖에 없다.

'모멸하고 야유하고…… 흥, 나는 그들 속물의 패거리가 아니란 말이지? 천만의 말씀이다. 떨어져 나오려고 버둥거려봐야 별수 없다. 안녕하십니까 부인, 요즘엔 어떻게 소일을 하고 계십니까. 바쁘시다구요. 패션쇼에 가시구, 막내 따님? 아 발표회 땜에, 그럼 바쁘시겠습니다. 승마, 그거 좋죠. 재키의 승마 모습이 근사하더구먼요. 네? 하하, 부인 말고 따님이 발표회 땜에 요즘엔 못 하신다…… 참 캐롤라인 양이 낙마할 뻔하지 않았습니까, 자아 이런 식이란 말씀이야. 뜨뜻미지근한 욕탕에서 허우적허우적, 모든 것은 강 건너의 불구경이구, 다만 내가 그들하고 다르다면 이 뜨뜻미지근한 상태에 구역질이 난다는 증상인데, 흐흐흐…… 하긴 만성 위장병 환자니까…… 흐흐흐, 아니 하나 있지. 그들은 시간이 모자라는데 나는 시간이 남아서, 남아서 지겨워 죽을 지경이란 그거야. 뭐 신기한 일이 없을까. 빌어먹을! 여기서는 음…… 역시 체면이 많고 소시민이 지켜야 할 일들이 너무 많단 말이야.'

중얼중얼 중얼거리는데 빽빽 울리는 클랙슨 소리에 병삼은 놀라 자빠질 듯 뒤로 물러선다. 죽을 지경이라지만 죽는 것은 역시 싫었던 모양이다.

자가용에 앉은 부인은 병삼의 놀라는 꼴을 웃지 않고 새치름한 눈으로 쳐다보았다. 그러더니 가느다랗게 웃었다.

병삼으로 하여금 하늘의 별 따기보다 어렵다는 대학의 강사 자리를 그만두게 한, 바로 그 가느다란 웃음을 남겨놓고, 그리고 삽스름한 흙먼지를 남겨놓고 자가용은 사라졌다.

생각해보면 좀 어처구니없는 일이었다. 그 여학생을 처음 본 것은 강의실 아닌 그의 집에서다. 이름 석 자를 대면 제법 알아보는 실업가의 저택인데 그 실업가하고 먼, 아주 먼 무슨 척이 된다는, 연극에 미친 친구, 양두연하고 함께 갔던 집에서 소녀를 만났던 것이다. 그 집에 가게 된 것은 양두연의 간곡한 청을 받아서였고 양두연은 자신이 이끌어나가는 극회劇會 '갈매기'가 심한 재정난에 부딪쳐 그것을 타개하는 방편으로 무슨 척이 된다는 실업가를 움직여 보아야겠다는 속셈을 병삼에게 털어놓았던 것이다. 그러나 표면상으로는 신축한 저택의 응접실 벽면을 꾸민 그림을 병삼이 보아주는 것으로 되어 있었다. 나중에 안 일이지만 그것도 뭐 그쪽에서 부탁한 것은 아니었고 양두연 쪽에서 아첨을 하기 위해 일거리를 만들었던 모양이다. 그러니 병삼에 관하여 오죽 약을 팔았겠는가.

그들을 맞이한 사람은 부인이었다. 양두연은 실망하는 눈치였다. 부인은 처음 만나는 병삼의 인품을 저울질하듯 살피고 병삼 역시 이 부인의 마음이 얼마나 후한가 재어보고, 덩치가 커서 우락부락한 인상이지만 마음 좋은 양두연은 그저 쩔쩔매면서 소개를 하고, 이럭저럭 인사를 끝낸 그들은 응접실에 안내되었다.

응접실로 막 들어선 병삼은,

'아얏!'

소리까지 내지는 않았으나 손바닥으로 자기 이마를 툭 쳤다. 벽면 가득히 그려져 있는 그림이 얼굴을 향해 넘어져 오는 것 같은 착각을 일으켰던 것이다. 그림은 간판장이가 추상화를 그려놓은 것 같은, 그것이 누구의 작품이라는 것은 단박 알 수 있었다.

병삼은 부인이 권하는 대로 소파에 앉았다. 열 평이 넘는다면 그리 좁은 방은 아니다. 그런데 뭐가 죄어드는 것처럼 답답하고 머릿골이 아팠다. 그것은 그림 탓이라고 생각했다. 양두연을 힐끗 살피며 비판을 표시했다. 양두연은 눈을 깜빡이며 적당히 하라는 뜻을 전달해왔다. 비굴한 표정이었다.

"좋습니다. 그림이 아주 좋습니다. 실력 있는 화가니까요."

"좀 답답한 것 같지 않아요?"

부인이 말했다.

"아닙니다. 답답하다는 것은 중후하기 때문이죠. 이런 방에는 그렇죠, 중후한 그림이라야 합니다."

이렇게 해 차 대접을 받고 파리에 심사 년 체류했던 냄새를 적당히 풍기면서 분위기를 끌고 나가는데 덩치만 컸지 도무지 배짱이라곤 없는 양두연은 '갈매기'의 재정난 이야기를 꺼내지 못하고 그저 쩔쩔매고 있는 판이었다. 하는 수 없이 병삼이 서곡序曲을 잡힐 양으로 그의 말마따나 약장수가 되어 한바탕 예술론을, 정확히는 예술의 필요성을 역설한 뒤,

"이제 부자들도 고상해질 시기가 오지 않았습니까?"

아차 이것은 오발이었구나 생각했을 때, 때는 이미 늦었던 것이다. 부인은 완연히 불쾌한 낯빛이었고 양두연은 당황한 나머지 지금껏 마시고 반쯤 남은 커피에다 설탕을 처넣으며 범벅을 만들고 있었다.

부인은 무슨 생각을 했던지 불쾌한 낯빛을 펴고,

"그럼, 여태까지 부자들은 모두 천박했었다는 애기가 되겠군요."

멋쩍은 듯 웃었다. 그만해두었음 좋았을 것을,

"아아, 아닙니다. 저, 그, 그 벼락부자 말이죠. 아니 저 해방 후 탄생한, 아니 전후에 탄생한 부자들 말입니다."

이거 나올 돈도 안 나오겠다 생각하니 병삼은 초조했던 것이다. 양두연의 얼굴은 시뻘겋게 변해 있었다.

"우린 해방 후의 부자예요. 아니 육이오동란 후죠, 정확히는."

부인은 피부를 바늘로 찌르듯 말했다.

"저 그, 그것은, 하기야 실상은 우리 조상님도……."

말이란 한번 빗나가기 시작하면 본시로 되돌리기 힘든 것이다. 이 말로 인해 빗나간 마음을 되돌리기는 더욱 힘든 것이다. 기왕에 빗나간 말, 국으로 있었으면 건방진 자식! 비리갱이 같은 놈! 하고 미움에 그쳤을 것을 어설픈 변명을 한다는 것이 그만 유일의 밑천인 건방진 것마저 놓치고 미술평론가의 권위와 대학 선생님의 위신을 땅에 떨어뜨린 데다 죄 없는 조상님까지 들추게 되었으니, 병삼의 꼴도 말이 아니거니와 다음 공연을 앞두고 날변이라도 쓰고 싶은 심정에 있는 양두연의 실망은 말할 필요가 없다.

어디서 순 엉터리 같은 작자를 끌고 와서 감히, 부인은 그런 마음이 내비친 시선을 양두연에게 보냈다.

장은 파장이 되고 물건은 팔리지 않은 셈이다. 두 사나이는 구변의 봇짐을 싸고 자리를 뜰 수밖에 없었다. 그들이 어설픈 작별 인사를 하고 현관문을 밀어젖히는데 그들이 나가기 앞서 밖에서 이 댁 따님이 먼저 들어섰다. 학교에서 돌아오는 길인 모양이었다.

"어머! 선생님."

딸은 놀라면서 한편 반가워했다. 양두연은 그나마 병삼의 신분이 증명되어 기뻤던지 얼른 뒤돌아보며 부인의 눈빛을 살폈다.

"나는 잘 모르겠는데?"

어리둥절해하는 척하면서 병삼이 말했다.

"시간에 안 들어가니까 모르실 거예요."

"아, 그래요?"

양두연은 좀 더 이야기가 길어질 것을 바라는 눈치였으나 병삼은 그것으로 끝내고 의젓하게 걸어나갔다. 위신을 회복할 셈이었던가.

그 집 문밖에 나서자,

"확실히 그 그림보다 딸이 걸작인걸. 확실히 그림보다는 진짜야."

확실히라는 말을 되풀이하며 병삼은 강조했다.

"얼굴만 잘생긴 줄 아나? 아주 똑똑한 애야."

집 안에서는 쥐어박힌 듯 맥을 못 추더니 밖에 나오자 해방이라도 맞이한 듯 양두연의 목소리에는 활기가 돌아왔다. 까짓 '갈매기'의 재정난쯤 내일 생각하기로 했는지…….

"허 참, 진작 그런 줄 알았더라면 말을 마구 하는 것 아니었는데…… 게다가 그놈의 협잡꾼 그림 칭찬까지 했것다?"

"관두어라, 관두어. 걱정할 것 없다. 그런다고 그 애가 자네 차지는 안 될 테니."

"왜? 임자가 있나?"

"오르지 못할 나무 쳐다보지도 말랬어."

"병신 육갑하네. 바쁜 사람 여까지 끌고 와가지고 갈매기의 갈 자도 입 밖에 내지 못한 주제에 뭣이 어쩌고 어째?"

"적반하장이라도 유분수지. 일을 망쳐놓은 것은 어느 놈인데? 기가 막혀서."

"아무래도 자네 조상이 그 집구석 행랑살이를 했던가 무슨 수가 있나 보다. 그러니 그렇게 쪽을 못 쓰지."

"흥, 자네 말대로 해방 후 부자에 무슨 족보가 있누. 그 반대지도 모르지."

"곧 죽어도 족보만은 치켜드는군. 지는 광대짓을 하면서."

주거니 받거니, 중학 때부터 친구인 그들 사이에 허물 될 것도 없고, 나이들은 많았지만 독신자들이 갖는 젊은 기분에서 그들은 술집으로 직행했던 것이다. 그러나 그것으로 끝났으면 그 하늘의 별 따기보다 어렵다는 S대학의 강사 자리를 그만두는 사건이 발생하지 않았을지도 모른다.

신학기가 시작되었을 때 뜻밖에 그 그림보다 걸작이요, 진짜인 소녀가 병삼의 시간에 들어왔던 것이다. 그동안 병삼은 그때 일을 까마득히 잊고 있었다. 교단에 선 병삼의 눈앞에 별안간 나타난 소녀는 강의실 중간쯤 좌석에 앉아 있었다. 모습이 너무 선명했기 때문인지 그의 집에서 노닥거렸던 광경이 확 되살아났다. 병삼은 당황하지 않을 수 없었다.

강의 중에 소녀는 가느다란 웃음을 띠고 병삼을 바라보았다.

'이 약장수야.'

소녀는 그러는 것 같았다.

'좋습니다. 그림이 아주 좋습니다. 실력 있는 화가니까요.'

마음속으로 혀를 내밀며 하던 말도 생각이 났다.

"미학의 발전에는……."

"그 시기를 네 개로 나눌 수 있겠는데 첫째 미의 이론적 연구 시대, 둘째 비관적 시대, 셋째 계통적 조직의 시대, 넷째는 방법론적 시대, 이렇게 나누어서……."

하다 말고 병삼은 그 소녀를 힐끗 쳐다보았다. 소녀는 필기를 하지 않고 손가락 사이의 만년필을 뱅글뱅글 돌리면서 입가에는 가느다란 미소를 여전히 띠고 있었다.

'저 그, 그것은…… 하기야 실상은 우리 조상님도…….'

제법 엄격한 교단의 유병삼 강사와 소녀의 집에서 광대줄을 타던 유병삼 씨가 서로 등을 맞대고, 빙글빙글 돌고 있는 소녀 손가락 사이의 만년필과 같이, 그 등을 맞대고 있는 괴물이 병삼의 눈앞에서 빙글빙글 돌기 시작했다. 말이란 한번 빗나가면 돌이키기 어려운 것, 강의도 한번 빗나가고 보면 풍각을 잡히는 약장수의 정체가 드러나게 마련이다. 병삼은 머릿골이 띵하니 아파왔다.

"첫 번째의 이론적 연구 시대는 플라톤 이후 아리스토텔레스와 플로티노스 등을 대표하는 희랍 시대로서, 이 시대의 주류는 미를 진리의 일종이라 일컫는 소위 이지적 경향의 미학이며, 그러나 아리스토텔레스는 경험적 현실주의의 입장에서 플라톤의 그 실재론적 이상주의를 부정했으며, 그런 견지에서 예술을 고찰하는 것을⋯⋯."

병삼의 눈은 저절로 소녀에게 또 갔다. 도시 어떻게 되어먹은 아인지, 안면 근육에 마비라도 왔단 말인가, 조금도 변함없이 그대로의 미소다. 이제는 머릿골이 아플 정도가 아니다. 기분이 나빴고, 기분이 나쁠 뿐만 아니라 어떤 두려움마저 곁들여왔다.

'순 엉터리, 약장수, 겉멋 들린 건달이.'

소녀는 그러면서 웃고 있는 것 같았다.

'오냐, 네 말이 맞기는 맞다.'

사실이지 병삼은 소녀가 출현하기 이전에도 가끔 어느 구석에서 자기를 향해 그런 말을 하고 있다는 착각에 빠지는 일이 있었다. 그러나 심각하게 생각하는 것을 벌써 이전에 집어치운 병삼은 그 말에 대하여 마음속으로 히죽히죽 웃었던 것이다.

'까짓 내 같은 놈이 선생질하는 대학이면 그 대학인들 별수 있나.'

간혹 친구를 만나면,

"교통비 점심값밖에 안 되는 걸 내가 미친 지랄을 하고 있지."

하고 병삼은 으스댔으나 대학의 권위를 무시하려 드는 것도 실상은 자신의 권위를 인정할 수 없는 지극히 역설적인 표현에 불과했다.

　사실 병삼은 자기 능력을 오래전부터 불신하고 있었다. 학문의 세계를 깊이 파고들어 갈 인내력도 없거니와 그럴 기질을 타고나지 못했다고 생각했다. 예술에 생애를 바칠 만한 창조적인 바탕도 없다고 그는 자신을 판단하고 있었다. 취미인의 범위를 결코 벗어나지 못할 자신을 알고 있었던 것이다. 게다가 먹고살 것은 있으니 아득바득 매달리며 투쟁할 의욕을 느끼지도 않았다.

　그날 이후 소녀는 병삼의 시간마다 강의실에 앉아 있었다. 하기는 신학기가 되어 시간표를 짜면서 선택한 과목일 것이다. 수강 신청을 낸 이상 강의실에 들어오는 것은 당연한 일이다. 소녀로서는 그것이 한갓 버릇에 지나지 않았는지 그의 얼굴에서는 가느다란 미소가 사라진 일이 없었다. 노트는 빌려서 필기하기로 돼 있는지 귀로만 강의를 들었다. 그러니까 얼굴을 바라볼 수밖에. 병삼으로서는 정말 환장할 노릇이었다. 세상에는 웃는 낮에 침 못 뱉는다는 말이 있지만 길을 거닐다가도 그 웃음을 생각하면 기분이 나빴다. 친구하고 무심히 이야기를 하다가도 그 웃음이 눈앞에 풀쑥 솟아오르곤 했다. 정말 웃음의 노이로제에 걸렸는지 모를 일이었다.

　소녀는 그날, 옆에 앉은 다른 여학생하고 무슨 이야기를 한 것 같았다. 그러더니 소리를 죽이며 웃었다. 칠판을 향해 돌아서 있던 병삼의 신경에 그 소리 죽인 웃음은 전기처럼 빠르게 왔다.

"뭐가 우습지?"

나직이 물었다.

"뭐가 우스우냐 말이다!"

이번에는 버럭 소리를 지르고 소녀의 어깨를 떼밀었다. 소녀의 얼굴빛이 싹 변했다.

"만화를 그렸어요."

엉겁결에 한 대답이었다. 강의실 안에 웃음이 터졌다. 병삼은 웃음의 바다를 헤치고 교단으로 돌아왔다.

"참, 이 집에는 만화과가 없었지."

언제 화를 냈느냐는 듯 그는 냉소를 띠며 말했다. 강의실 안에 다시 웃음이 터졌다. 비로소 소녀는 얼굴을 붉히며 적의에 가득 차서 병삼을 노려보았다.

병삼은 사표를 냈다. 아무도, 학생들 역시, 그 일 때문에 사표를 냈다고 생각하지는 않았다. 사소한 일이며 흔히 있는 일을 사표와 연결시켜 상상할 사람은 아무도 없었다.

병삼은 터덜터덜 언덕길을 내려간다.

바람이 부는 데다 바람을 몰고 자동차가 지나간 뒤여서 삽스름한 흙이, 모래알이 얼굴을 치는 것 같았다. 병삼은 방금 지나간 것은 자동차가 아니었으며, 소복의 여인이 자기 곁을 지나갔다고 생각했다. 그래서 오늘 자기의 덜미를 잡은 것은 권태라는 요물이 아닌 고독의 귀신이라 생각했다. 그 어느 편이 나을까 하고 그는 다시 생각했다. 아무래도 요물보다는 귀신인 편이 나을 것 같았다. 패륜의 함정으로 끌고 갈지 모르지만.

성곽 같은 집의 문패가 하나씩 하나씩 지나갔다. 병삼의 머릿속에는 그 무수히 많은 기억의 거리가 하나씩 하나씩 지나가고 있었다. 좋아하려다 만 여자들의 얼굴이 지나갔다. 그편에서 호감을 갖고 접근해오던 여자들의 얼굴이 지나갔다.

접근해오는 여자들은 병삼의 성격에 매력이 있다 했고, 무슨 생각을 하는지 종잡을 수 없어서 호기심이 생긴다 했고, 더러는 고독하게 보여 마음이 끌린다고도 했다. 어떤 여자는 장루이 바로를 닮았다는 어처구니없는 말을 했다. 그러나 그들 중 한 여자도 끝까지 매달려오지 않았던 것은 이 고독한 사나이를 상대하다간 여자 자신도 고독에서 헤어날 수 없으리라는 결론 때문일 것이다. 한편 병삼이 쪽에서 좋아하는 여자를 잡아채지 못한 것은 위대한 화가를 꿈꾸던 그 시절에는 너무 심각하여 그랬던 것 같고, 그 꿈을 버린 후에는 만사가 농지거리로 돌아가는 판이어서 그랬을 것이다. 그러나 그보다 역시 자신이 없는데 비해 자존심이 강했던 심리적 작용이 결정적 이유가 아니었을까. 병삼은 뜨뜻미지근한 욕탕 속에서 허우적거

리듯 평온이 보장된 자신의 환경과 파리에 갔다 왔다는 간판
을 먼저 계산하는 여자를 용납할 수 없었다. 그것은 옹졸한 심
리였으나 자존심이 강한 데 비해 자신이 없었다는 내부 갈등
의 결과이기도 했던 것이다.

이번에도 소복의 윤이를 좋아하려다 그만둘는지 모른다. 유
부녀, 나이 많은 여자, 아이가 있을지도 모른다.

합승을 타고, 내리고, 병삼은 자기가 사는 동리의 골목으로
들어간다. 골목에는 어느새 황혼이 깔리기 시작했다.

열어주는 대문을 들어섰을 때,

"선생님, 오늘 화원 사람이 와서 나무에 약 뿌리고 갔습
니다."

할멈이 보고했다.

병삼은 벌레가 들끓어 거의 말라져 가는 향나무들을 힐끗
올려다보고는 아무 말 없이 들어간다.

"참, 선생님, 신촌에서 전화가 여러 번 왔었습니다. 들어오
시는 대루 전화 주십사구요."

뒷모습에다 대고 할멈은 목청을 좀 돋우며 말했다.

"아아."

한마디 하고 병삼은 거실 안으로 사라졌다.

늙은 할멈에게 할 만한 얘깃거리도 없지만 집에서는 언제나
병삼은 과묵했다. 할멈은 밖에서의 주인의 행장을 모르기도
하려니와 통 말이라곤 하지 않는 병삼을 두려워했고 조심스럽

게 대하여왔다.

마음대로 손을 대지 말라고 일렀는지, 서재를 겸하고 있는 거실에는 먼지가 푹석푹석 쌓인 것처럼 너저분했다. 원고지는 책상 위에 흩어져 있었고 마룻바닥에도 말아서 버린 종이가 흩어져 있었다. 비품은 모두 상당히 고급품으로 보였으나 그 것조차 이 방 안의 산란한 분위기에 도움은 되지 못하는 듯 보였다.

병삼은 코트를 벗어 던지고 라디오를 틀어놓은 뒤 소파에 벌렁 드러누웠다.

목이 째지는 듯한 소리가 라디오에서 울려 나왔다. 공기가 흔들리는 것 같았다.

"나도 목이 째지게 노래를 한번 불러봤음 좋겠다!"

그러나 병삼은 도로 일어나서 라디오를 끄고 전화 다이얼을 돌렸다.

"나야. 음, 이제 막 왔어. 늦어도 이삼일 안엔 될 거야. 음, 음…… 나 지금 피곤해서 전화 끊겠다. 걱정 말어."

2. 매만 보고 가는 사나이들

시뻘건 해는 빌딩 뒤편에 걸려 있었다. 꿈속의 풍경처럼 놀이 깔린 시가는 너무 황홀하여 불안했다.

잇달아 밀려오는 차량, 그것들을, 전등 둘레를 미친 듯 선회하는 풍뎅이. 포도에, 건널목에, 구름다리 위에 군중들은 민적민적 떼 지어 지나가고 있었다. 서로의 어깨를 비비며 떠밀며. 음향과 음향은 서로가 서로를 잡아먹을 듯, 황혼의 도시는 무성영화와도 같이, 사람들은 무슨 이야기를 하며 지나가는가, 자동차는 무슨 소리를 내며 지나가는가, 짓눌린 침묵에 싸여 있는 것만 같았다.

병삼은 짙은 색채와 침묵이 덩어리로 엉켜, 그 덩어리가 전등 둘레를 미친 듯 선회하는 풍뎅이처럼 선회하는 것 같은, 광란의 의식에 쫓기며 길을 횡단한다.

반도호텔 앞에 주차한 차체 곁을 지나면서 병삼은 방금 지나온 거리를 뒤돌아본다. 양두연의 큰 덩치도 지금쯤 저들 군중 속에 끼어들어 열심히 걷고 있을지도 모른다고 그는 생각했다.

커피숍으로 들어간 병삼은 담배부터 붙여 물고는 커피를 부탁한 뒤 탁자 밑으로 다리를 뻗으며 양두연을 기다리는 동안 드나드는 사람들을 구경하기로 작정했다.

다소 지루한 느낌이 드는 경우에도 구경을 하고 있다 생각하면 지루함이 가셔지는 법이다. 특히 외국인들이 주로 투숙하는 호텔에 부설된 커피숍에는 별의별 사람이, 별의별 인종들이 드나들어 유심히 보고 있노라면 꽤 심심풀이가 된다. 얼굴 관상에서부터 옷차림, 분위기와 몸짓, 모든 것은 배우가 아닌 장본인들이기에 무대에서보다는 그 연기가 진실에 가까워, 구십구 퍼센트쯤 그들 자신을 광고해주는 것이며, 직업에서 생장과 환경, 용무까지 점쳐볼 수도 있다. 사기꾼은 사기꾼의 간판을 달고 브로커는 브로커의 몸짓을 하고 예술가는 예술가의 냄새를 피우기 마련이요, 양부인은 양부인의, 신문기자 관공리 정객들 배우는 말할 것도 없이…… 물론 예외는 있어, 전혀 엉뚱한 착각을 할 때가 없는 것은 아니다.

'로맨스그레이라 하던가? 참 깨끗하게 늙으신 노신사로군. 저런 풍모는 오랜 학구 생활에서만이 얻어질 수 있는 거야. 이곳에서 누굴 기다릴까? 막내 따님을, 아니면 여기 유숙한 옛

친구를 기다리고 있을까?'

피어오르는 담배 연기를 한가하게 바라보는 노신사를 두고 병삼이 상상의 날개를 펴는데 웬걸,

"오래 기다렸어요?"

설익은 파리 모드의 아가씨, 병삼도 알고 있는 고급 창부였다. 로맨스그레이께서는,

"너무 기다리게 하는군."

눈꼬리가 찢어지게 웃는데 드러난 금니와 붉은 잇몸. 바로 저곳에 흔적이 있었구나 하고 병삼은 생각했다. 그런가 하면 조촐한 집의 가정부나 하급 월급쟁이의 아내같이 소박해 보이는 중년 부인 앞에 나타난 사람은 허리가 꾸부정한 늙은 외국인이었으며, 그들은 신통하게 동양식 부부의 분위기를 자아내기도 했다.

하긴, 사람에게 착각이 있으니 망정이지 안 그렇다면 인생이 얼마나 단조롭고 권태스러운 것이겠는가. 희생될 사람도, 속일 사람도 없을 것이며, 웃고 울 사람도 없어질 테니, 생각하며 뻗은 다리를 구부리고 병삼은 커피 잔을 들었다. 뜨거운 커피를 못 마시는 그에게 커피는 알맞게 식어 있었다. 미적지근한 커피 맛을 즐기던 병삼이,

'아니, 저 친구는? 가만히 있자, 분명히……'

럭비공처럼 땅땅하게 되바라진 사나이가 들어왔던 것이다. 그리고 자기 몸뚱이를 하나 더 포개어 얹어야 할 것 같은 거

구의 사나이가 그의 동행자였다. 그는 목을 뽑아 거구의 사나이를 올려다보고 소란스러운 몸짓을 하며 걸어 들어왔다. 병삼이 말고도 몇 사람의 시선이 그들 쪽으로 쏠렸다. 그도 그럴 것이 럭비공같이 옆으로만 되바라진 사나이는 두상에만 공기가 차지 않았던 것처럼 비대한 몸뚱이에 비하여 얼굴은 주먹만큼 작았다. 게다가 쓰고 있는 안경이 별나게 컸기 때문에 얼굴은 몸뚱이와 안경에 눌려 망각 지대처럼 눈에 잘 띄지 않았다.

동행의 거구는 사막에서 돌아온 탐험대원을 상상케 하는 갈색 수염이 턱 밑에 밀생해 있었는데, 그 수염의 빛깔이 설명해주는 바와 같이 이 땅에 오신 손님이었다. 그들이 병삼의 옆을 지나갈 때 되바라진 사나이는 병삼을 기억하고 있었던 모양으로, 그러나 대단히 거만하고 냉담한 표정으로 고개를 끄덕여주었다.

그들은 중요한 밀담이라도 나누려는지 구석진 좌석에 가서 마주 앉았다.

'저 새끼의 직함이 뭐더라?'

병삼은 고개를 갸웃했으나 직함은 고사하고 어디서 어떻게 만났는지조차 기억해낼 수 없었다.

'확실히 어디서 만나긴 만난 것 같은 상판인데……'

거만하고 냉담한 인사법을 익히고 있는 것으로 미루어 그럴싸한 직위에 있긴 있는 모양이라고 병삼은 생각했다.

'두연이 자식은 왜 안 나타나누. 사고라도 생겼나? 하긴 답답한 건 그편이지. 내 답답할 건 없는 거구.'

했으나 병삼은 답답했다. 소화가 잘 안되어 속이 쓰렸던 것이다. 그래서 그는 답답증을 잊기 위해, 아까 한 것처럼 구경하는 자세로 되돌아가기로 했다. 아무튼 구경을 하고 있다 생각하면 재미가 있고 여유가 있어진다. 심각해지는 것은 그편이요, 그편이 심각해지면 질수록 이편은 재미가 난다.

결혼식장 같은 데서도 정수리까지 깨끗하게 밀어놓은 주례 어른의 대머리를 이모저모 바라보며 돌산을 상상한다든가, 이것은 상갓집의 풍경인데 큼지막한 직함이 붙은 조객을 맞이하여 감격해하는 미망인의 거동을 살피며 그 여자의 심리 분석을 해본다든가, 모임마다 의젓한 미소를 머금고 나타나서 알 만한 얼굴을 찾아 헤매며 은근슬쩍 치는 척하면서 기실은 자기 주가를 올리고 겸하여 상대방을 추켜주는 인사의 그 독특한 폼을 바라본다든가, 사람이 모이는 곳이면 어디든 구경거리는 있고, 구경을 하고 있노라면 군중에 예속되지 않을 뿐만 아니라 군중 속의 고독도 없어지는 법이다. 이런 구경거리는 특히 심리 분석을 전공하시는 분이나 사교계의 기술을 익혀두어야 할 사람, 또는 소설을 쓰시는 양반들에게 필요하다.

되바라진 그 사나이가 섣불리 알은체했기 때문인지 병삼은 아까처럼 무심하게 구경할 수가 없었고 속이 답답하다는 자각 증세도 없어지지 않았다. 어디든 나가서 좀 걸어봤으면 생각했으나, 두연이 곧 나타날 것도 같고, 담배를 비벼 끈 병삼은 문간에 눈을 주었다. 출입문은 쉴 새 없이 열렸다 닫히고 도시인 중의 도시인으로 뽐낼 만한 이 땅의 신사 숙녀들이 끊임없이 들락거리는데 열 사람에 한 사람꼴씩 이민족이 나타나곤 했다. 나가는 사람 중, 그 거구의 외국인 등을 본 병삼은 반사적으로 구석진 자리에 고개를 돌렸다.

홍정이라도 잘못되었는지 럭비공 같은 사나이는 풀이 죽어서 멍하니 앉아 있었다. 그러더니 그는 풀이 죽은 자기 꼴을 누가 비웃고 있기라도 하듯 힐끔힐끔 주위를 살피는데 병삼의 눈과 마주쳤다. 그는 갑자기 활달해져서 벌떡 일어섰다. 되바라진 몸을 되도록 가볍게 날리며 그는 병삼의 곁에까지 왔다.

"그간 안녕하셨어요?"

상냥하게 말하며 손을 내밀었다.

'바로 이런 것을 두고 표변이라 했것다?'

병삼은 여전히 어디서 이 사나이를 만났는지 기억해낼 수 없었지만 우선 손은 내밀어주었다.

사나이는 손을 흔들면서,

"요즘도 은경 씰 자주 만나십니까?"

하는 바람에 병삼은 비어 있는 손으로 이마를 칠 뻔하다가 슬그머니 뒤통수를 긁적거렸다. 사나이의 손은 여름도 아닌데 영양이 좋았는지 땀이 배어 있었다.

"우연히 만나지는 일이 있긴 있더구먼요."

병삼의 비꼬는 듯한 말투에 사나이는 당황하는 기색을 드러냈다.

그는 권하지도 않는 자리에 주저앉더니 손수건을 꺼내어 안경알을 닦으며 기분의 여유를 얻으려고 애쓰는 것 같았다. 결코 배짱이 좋은 친구는 아닌 것 같았다.

"사람들을 많이 대하다 보면 본의 아니게……."

아까 거만을 떤 데 대하여 변명을 하고 싶은 모양이었다. 그러나 그러지는 못하고 안경을 도로 쓴 사나이는,

"요즘엔 어떻게나 바쁘던지 옛날 친구들도 좀처럼 만나볼 수 없어요. 은경이는 미국 있을 때부터 알게 된 처지지만."

은경이라 막 부르는데 듣기에 따라 뭐 애인이나, 특별히 그렇고 그런 사이처럼 받아들일 수도 있었다. 그러나 은경은 여자치고 키가 큰 편이며 이 사나이는 보는 바와 같이 옆으로만 벌어졌으니 과연 어떨는지, 견주어보던 병삼은 저도 모르게 껄껄 웃는다.

분명히 조소를 당하고 있다고 느낀 사나이는 화를 내는 대신 두려움을 갖는 것 같았다.

'비위를 건드려놓을 위인은 아니었구나. 어지간히 분위기의 펀치가 세겠는걸.'

마치 그러는 것처럼 안경 속에서 병삼을 가늠해보는 사나이의 눈에는 차츰 비애 같은 것, 겉으로만 보아주시지 남의 위장偽裝을 왜 벗기려 하십니까 하듯 원망의 빛이 지나가고 있는

것 같았다.

'자네도 양코배기들 속에서 키 작은 설움을 맛보며 눈치만 자랐구나.'

이번에는 슬그머니 웃었다. 웃으면서,

"빈대떡에 대포가 제일입니다. 한잔하실까요."

느닷없는 말에 당황하다가 사나이는,

"그거, 배가 아파서요."

하며 상을 찡그렸다.

"하, 체취가 다르시군. 외국 높으신 손님이 오시면 웨이터들은 향수를 뿌린다더군요, 목욕도 하구. 김치 먹으니 할 수 없지."

밑도 끝도 없는 말에 사나이는 뭐라 대답을 해야 할지 망설인다.

"그야 예의상 그럴 수밖에 없는 거죠. 그 애들 냄새에는 여간 예민하지 않거든요."

"우리네 코도 보통은 아니죠. 노린내가 나더군. 저 보세요. 군식구가 꾸역꾸역 들이닥치는구먼요."

얘기를 하다가 병삼은 별안간 문간 쪽을 손가락질했다.

체크무늬랑 캡이랑 선글라스 등이 얼핏 눈에 띄었다. 유랑극단의 삼등 배우 같은 일행이 크게 떠들어대며 들어왔다.

"군식구라니 무슨 말씀이신지."

이상하다는 듯 사나이는 물었다.

"명동으로 가야 할 식구들이란 말이죠. 판도가 자꾸 달라집니다."

그 일행 중 누군가가,

"야, 너 언제 일본 갔다 왔니!"

누군가에게 묻는 소리가 들려왔다.

"형씨께서는 물론 다르시겠지만 나도 무교동에 가 있어야 할 사람인데, 하긴 구경을 왔지 이 집 단골은 아닙니다."

이야기가 길어지면 맥이 빠지고 싱거워지고 밑천이 드러나게 마련이다.

"무슨 그런 말씀을 하십니까. 그건 일종의 자학 아니에요? 우리네 땅에 세워진 건물, 어디 간들 무슨 상관입니까. 군식구라뇨?"

옳은 말이었다.

'하여튼 말이 많아 탈이다. 안 해도 좋을 말, 만사를 농지거리로 돌리는 버릇.'

유 여사의 말이 피뜩 떠올랐다. 병삼이 미처 적당한 대꾸를 찾지 못하고 있는데,

"외국인을 보는 우리네 한국 사람의 눈, 혹은 그들을 대하는 태도는 한마디로 편협하달 수 있잖을까요?"

이제 대화의 주도권은 내가 잡았다는 듯 표변이라는 말을 다시 한번 써도 무방할 만큼 사나이는 침착해져 있었다.

"글쎄요……"

"호의적이건 적대적이건 말입니다. 호의가 지나쳐 비굴해지거나 적대적인 감정이 꾀죄죄한 후진성으로 노출되는 경우를 흔히 보는데 그 두 가지 경우는 다 열등감이 빚은 현상 아니겠어요? 감정적으로 세련이 못 됐기 때문이죠. 그러니 그 애들의 오만을 가져오는 결과로밖에 더 되겠어요? 친구라고 생각하면 간단하지 않습니까. 그 애네들도 그걸 바라는 겁니다. 사실이지 그 애네들이 이곳에 올 때는 친구로서 옵니다. 그러나 갈 때는 왕이 되어 돌아가거든요. 일본 애들 경우만 해도 안 그렇습니까. 그 애네들 피부 빛이 달라서 그런 건 아니잖습니까."

'이거 누굴 보구 설교하는 거야?'

그러나 병삼은 멀뚱멀뚱 그를 쳐다만 본다.

"유 선생님께서는 구라파 쪽에 갔다 오셨으니까 미국 애들을 잘 모를 겁니다. 아주 단순하죠. 이쪽에서도 단순하게 대해 주면 그만이죠. 모두 인간 대 인간 아닙니까."

듣자 듣자 하니, 그 애네들 그 애네들 하는 통에 영 사람 병신 취급하고 있다 생각했으나 명동이니 무교동이니 군식구니 하고, 일없이 배배 꼬며 내뱉은 자기 말을 되새겨보건대 병삼은 별로 응수할 만한 말이 없을 것 같았다.

자신을 얻은 사나이는 드디어 자기 자신에 관한 이야기를 시작했다. 처음에는 병삼을 나무라던 그 어조로, 신경의 줄을 조심스럽게 당기면서 이야기했으나 차츰 흥분기가 도는지 언성이 높아지고 몸짓도 곁들이기 시작했다.

이야기의 내용인즉 재한 외국인의 저명한 인사 누구누구하고 각별한 사이라는 것이며 누구누구는 한국 고미술에 대한 안식이 대단하여 유 선생하고는 이야기가 될 거라는 둥, 공짜로 해외 바람 쐴 기회가 얼마든지 있었는데 ×국 총 대리점 치프가 자기 개인의 사이드 비즈니스를 떠맡겨 영 놓아주지 않는다는 둥, 하긴 두 번 세 번 가면 뭘 하느냐 내 땅에서 기반 잡고, 하더니 그는 엉뚱한 말을 꺼내었다.

미국에 있을 무렵 그곳에서 누구의 딸—누구라면 병삼도 그 성명 삼 자를 익히 알고 있는 저명한 인사다—하고 약혼하는 단계까지 갔다가 여자의 머리통이 빈 것 같아 그만두었다는 것이다. 유학 당시는 럭비공처럼 되바라지지 않고 말쑥했는지 알 수 없는 일이지만 신문지상에서 사진으로 가끔 보는, 진짜 말쑥한 그 명사의 따님이라면 좀 상상이 가지 않는 이야기였다.

병삼은 그 여자가 아버지하고 딴판으로 박색인지는 모르지만, 그 문제는 잠시 제쳐놓고, 아무튼 명사인 아버지를 가진 죄로 이 사내가 그런 말을 불고 다닌다고 생각했다. 어쩌면 사나이의 말은 그 반대인지도 모를 일이다. 흔히 못난 남자나 나이 어린 애들이 그런 역언逆言을 곧잘 하니까.

지난가을, 병삼은 은경이 안 뭐라 하는 이 사나이를 소개해주었을 때 일을 생각했다.

'하, 미술평론을 하십니까. 본시는 그림을 그리시다가,

네에…….'

안가는 은경과 병삼을 번갈아 보며 고개를 끄덕끄덕했다.

'기왕이면 그림을 하실 일이지. 평론이란 평생 해봐야 남의 일 아닙니까? 작품을 하신다면 나도 힘이 되어드릴 수 있었는데, 저쪽 사람들 그림을 사고 싶은데 어디 좋은 그림 없느냐구…….'

그때 안가는 짤따란 키를 늘릴 셈인지 뒤꿈치를 올렸다 내렸다 했다. 구두는 갈색이었다. 그리고 목을 뽑으며 턱을 쳐드는 바람에 큰 안경이 번득번득 빛나던 일도 기억해낼 수 있었다.

안가는 심지어 졸업논문 얘기까지 꺼내었다. 아마 문학 얘기를 하다가 그리된 모양이다. 영문과 출신이라니까.

"이야기 도중에 이거 실례해야겠습니다."

끝이 없다고 생각한 병삼은 일어섰다.

"아, 그러세요?"

안가는 자기 장광설이 또 조롱을 당했구나 하고 생각했던지 묘하게 그 비애에 젖은 듯한 시선을 병삼에게 보냈다.

"나는 아까 그치가 여기 다시 오기로 돼 있어서……."

누가 함께 나가자고 권하기라도 한 것처럼 중얼거렸다.

아케이드로 올라가는 계단을 밟으면서 병삼은,

"홀쭉이와 뚱뚱이, 아니 땅땅이."

중얼거리다 보니 왠지 친근해지는 것 같았다. 자기를 닮은 족속 같기도 했다. 닮았다고 생각하는 순간 그의 눈앞에 유 여사의 얼굴이 솟아올랐다.

그리고 그의 주변의 여자들 얼굴이 주렁주렁 매달려 나왔다. 모두 한결같이 웃고 있었다. 슬픔이 없는 얼굴이었다. 그 얼굴들은 얼굴을 주워 모아 웃고 있는 만화의 한 컷 같았다.

'단순하고 배짱 좋고 만사를 자기 편리한 대로 해석하고 약고 재빠르며 능청스런 그네들……'

여자들의 얼굴이 지워지자 안가의 얼굴이 대신 솟았다. 비애에 젖은 것 같은, 심약하게 깜빡이던 안경 속의 눈.

'고독한 사나이다. 소심하고 복잡하며, 뽐내고 등쳐먹고 굽실거리는, 그래도 슬프니 말이다. 광대이기 때문에 슬픈 거다. 광대는 자고로 남자였었다. 여자는 아름다워야 노리개가 되고 남자는 병신에다 못나야만 노리갯감이 된다. 슬프고 비참하지 않고서 어찌 남을 웃기겠는가.'

병삼은 발이 가는 대로 아케이드 안을 돌아다니며 눈은 상품을 구경하고 머리는 그 상품과 관계없는 생각을 하는 것이었다.

뭔지 구제받을 수 없을 것 같은 절망감이 가슴을 죄는 것 같았다. 한편 그것이 반가운 것 같기도 했고 벅차서 떠밀어내는 힘이 될 것도 같았다. 참 오래간만에 찾아온 절망이었다.

골동품 가게 앞에서 걸음을 멈춘 병삼은 놋쇠로 된 향로를 만져보면서,

"얼마요?"

하고 물었다. 방 안에 향을 피워볼까 하는 생각이 피뜩 떠올랐던 것이다. 그러나 인조 속눈썹을 단 여점원의 대답보다 먼저,

"미스터 유!"

드높은 여자 목소리가 등 뒤에서 울렸다. 병삼은 슬그머니 돌아본다. 흰 빛깔의 코트를 입은 은숙 여사였다. 은숙 여사 뒤에 서 있는 신사에게 먼저 눈인사를 한 병삼은,

"쇼핑하러 나오셨군요."

은근하게 말했다.

"그러려고 나온 건 아닌데 이 근처까지 오고 보니 좀이 쑤셔서…… 마침 미스터 박도 계셔서 짐은 들어주실 거구."

은숙의 뒤에 엉거주춤 서 있던 박영수는 신세 처량하다는 식의 웃음을 흘렸다. 아닌 게 아니라 그는 꾸러미를 두 개나 들고 서 있었다. 내막적으로는 자금에 몰려서 기갈이 날 지경이지만 명색이 무슨무슨 기업체의 사장인 박영수. 그 사장께서 짐을 들고 여자의 꽁무니를 줄줄 따라다니는 꼴을 남이 본다면, 특히 병삼에게 발견되었다는 것은 그의 자존심을 몹시 건드렸을 것이다.

박영수는 반듯반듯하게 생긴 풍채 좋은 남자였다.

"마침 잘 만났어요. 차나 마시지 않겠어요?"

은숙은 조선호텔 쪽을 턱으로 가리키며 말했다.

"아닙니다. 약속 시간이 있어서요."

“여자친구?”

박영수를 힐끗 쳐다보며 병삼은 애매하게 웃는다.

“항상 바쁘신 모양인데, 그럼 만난 김에 내 말 들으세요.”

명령조로 말하고서 은숙은 애교 있게 웃었다. 병삼은 흰 빛깔의 코트가 은숙의 검은 얼굴에 맞지 않는다고 생각했다. 그 생각을 하는 순간 소복의 윤이가 연상되었다. 아무래도 흰 빛깔은 윤이에게만 맞는 것 같아 공연히 은숙에 대한 경멸감을 느낀다.

“오는 수요일 우리 집에 오세요. 오후 일곱 시, 오시는 거죠?”

“무슨 일이 있습니까?”

“약속 시간이 있다면요?”

그러니까 설명을 하려면 길어진다는 뜻인 모양이다. 병삼은 갑자기 피곤함을 느꼈다. 신경질을 부리고 싶은 충동이 생겼다.

“그럼 가, 가죠.”

그들과 헤어지기 위해 우선 대답을 했다.

“그럼.”

은숙은 박영수를 거느리고 병삼을 스쳐서 지나갔다. 저만큼 가서 박영수는 돌아보았다. 병삼이 쓴웃음을 지으니까 그는 불쾌한 표정으로 급히 얼굴을 돌렸다.

‘매만 보고 가는 사내…… 과연 매는 무엇을 채다 줄 것인가, 두고 볼 일이지.’

병삼은 그들과 반대 방향으로 걷기 시작했다. 병삼은 곧장 거리로 나오려다 말고 행여 싶어 커피숍 안을 기웃이 들여다 보았다.

양두연의 넓적한 등이 보였다. 차라리 없느니보다 양두연이 거기 앉아 있다는 게 더 화가 났다.

안으로 들어간 병삼은,

"야 임마! 시계 잡혀 먹혔니?"

눈알을 굴리면서 화를 냈다.

힐끗 올려다보는 양두연의 눈은 시뻘겋게 충혈되어 있었다. 그리고 어쩌면 소 울음 같은 소리라도 지를 것 같은 비참한 표정이었다. 양두연의 그런 표정을 처음 본 병삼은 당황했다.

자리에 앉으며 그는 물었다.

"무슨 일이 있었나?"

두연은 아무 말도 하지 않았다. 핏발 선 눈을 내리깔며 스푼으로 커피를 휘휘 저었다. 뼈대 굵은 손에 감정이 뻗쳐 그의 손은 덜덜 떨리고 있는 것 같았다.

"뉘에게 쥐어라도 박혔나? 왜 그리 처량한 꼴을 하고 있어."

그 말 대꾸는 없이,

"돈 가지고 왔어?"

하고 두연이 물었다.

"뭐 어째? 너 배짱 한번 좋았구나. 부산 갔다가 기차라도 연착했더란 말인가?"

"잔말 말구 가져왔거든 내놔."

손바닥까지 내밀었다. 배짱이라기보다 오히려 자포자기에 가까운 거친 분위기였다.

낙천적이며 만사를 긍정적으로 보려는 양두연의 밝은 성격 이면에는 병삼을 화나게 하는 것이 있었는데, 그것은 어쩔 수 없이 남에게 신세라도 져야 할 경우, 평소와는 딴판으로 풀이 죽어 눈치를 힐끔힐끔 살피는 그 비굴한 모습이었다. 그런 두연이 뜻밖에 이런 태도로 나온 것은 아무래도 성격의 혁명은 아닌 성싶고, 어디서 일이 벌어져도 단단히 크게 벌어진 모양 이라고 병삼은 생각했다.

호주머니 속에서 수표를 꺼내어 병삼은 두연이 내민 손바닥 위에 놓아주었다. 그리고 그의 반응을 다시 한번 살펴볼 심산 으로 말을 했다.

"이십만 원이야. 원금일랑 잘라먹지 말어."

돈 때문에 갈팡질팡했던 두연, 그러나 수표를 휴지처럼 호 주머니 속에 쑤셔 넣고 역시 아무 말 하지 않았다.

"이번 공연에서 적자를 내건 흑자를 내건 그건 내 알 바 아 니고…… 기한은 없다."

그래도 두연은 대꾸가 없었다. 돈 이십만 원 같은 건 아예 안중에도 없는 듯 핏발 선 눈이 허공에 떠 있었다.

"나갈까?"

병삼이 말했다.

"꼼짝하기가 싫다."

"그럼 어쩌자는 거야?"

"글쎄……."

"그럼 나 먼저 가겠다."

병삼은 두말 않고 일어서서 밖으로 나왔다. 어느새 어둠이
깔린 거리, 불빛은 찬란하고 차량들의 헤드라이트는 어디까지
나 계속되어 있었다.

"병삼이!"

소음 사이를 뚫고 양두연의 목소리가 들려왔다.

"이봐, 같이 가자!"

다시 들려오는 두연의 소리는 울음에 가득 차 있는 것 같았
다. 병삼이 돌아보았을 때 양두연은 허위적허위적 쫓아오고
있었다. 가등 밑에 그림자가 쫓아오는 것 같았다.

씨근덕거리며 병삼의 옆에까지 온 두연은,

"왜 이리 사방이 새까말까?"

했다.

"눈에 명태 껍데기를 붙였는갑다."

병삼이 핀잔을 준다.

"자네 머리밖엔 아무것도 보이지 않는 것 같다."

"대낮같이 환하다. 여기가 어딘 줄 알어? 적어도 땅 한 평에
몇십만 원이 나가는 곳이야. 사방은 지금 황홀한 불바다란 말
이야."

두연은 정말 사방이 캄캄한 듯 허둥지둥 걸었다. 곁눈으로 두연을 살피던 병삼이 코웃음 치듯 물었다.

"그런데 양형, 왜 그러시지?"

"뭐라구? 이 개새끼야!"

별안간 발광을 했는지 두연은 소리를 질렀다. 그리고 딱 버티고 서면서 병삼을 칠 듯이 두 주먹을 불끈 쥐었다.

"아니, 이게 미쳤나? 왜 이래?"

어처구니가 없어 병삼은 걸음을 멈추고 성난 두연의 꼴을 물끄러미 바라본다. 두연은 주먹을 풀고 일그러진 웃음을 띠며 길바닥에 침을 뱉었다.

"아까…… 날 보고 꼭 같은 말을 한 개새끼가 있었어. 그런데 양형, 왜 그러시지? 하고 말이야. 나, 나 잠시 착각을 한 것 같다."

분노와 저주, 슬픔, 온갖 감정이 사무친 목소리였다.

"흠…… 단단히 미쳤구나. 여자 때문이군."

"……"

"한창 시절이다. 좋은 나이다. 내 나이쯤 돼야 피곤한 그 짓을 안 하지."

병삼은 걸으면서 담배를 붙여 물었다. 남은 심각한데 농담으로 얼버무리는 것이 병삼으로서는 우정의 표시였을 것이다. 그러나 이상하게 질투 비슷한 것이 지나갔다.

"너도 열심히 살려구 발버둥을 치는구나. 하지만 뛰는 놈이

나 기는 놈이나…… 테이프를 끊어봤댔자."

그러나 병삼은 말이 막혔다.

"제기랄! 사춘기의 소년도 아니구 뭐야. 그러니 지지리 여자 복도 없지."

두연은 병삼이 뭐라 하건 말이 귀에 들어오지 않는 것 같았다.

한참 만에,

"병삼이."

하고 불렀다.

"말해보시지."

"나하고 함께…… 어디 좀 가주지 않겠나."

"어딜."

"돈암동."

"저녁 얻어먹을 수 있는 집에 가는 거야?"

"농담은 그만두어 주었음 좋겠다. 나한테 지금 그럴 여유가 없어. 노닥거리는 자네 얼굴을 치고 싶은 심정이야."

"……."

"가주겠나 안 가주겠나."

"가지이."

병삼은 대답과 함께 지나가는 택시를 잽싸게 잡았다. 그리고 어서 타자는 시늉으로 돌아보았을 때 두연은 당황하여 손을 저었다.

"아, 아냐. 지, 지금 말고 나중에."

열었던 문을 쾅 닫은 병삼은 골이 나서,

"그래, 그럼 지금, 어떻게 하자는 거야! 어디로 가자는 거야."

상대편의 사정을 모르는 운전수 양반, 화가 나서 욕지거리를 하며 그들 앞을 떠난다.

"지금 가봐야 들어오지도 않았을걸."

"그럴 것 없다. 초저녁이지만 여자나 하나씩 잡아보자. 돈암동까지 원정할 것 뭐 있누."

병삼은 어성을 누그러뜨리며 말했다.

"언제는 좋았고? 별수 없군. 그럼 술집이다."

"취하면 계집애를 죽여버릴 거야."

"살인이 나면 안 되지. 그럼 고상하게 놀아보는 거다. 어차피 돈암동 가기까지 시간은 보내야 하니까."

병삼은 두연의 팔을 끌고 호텔 쪽으로 되돌아왔다.

스카이라운지로 올라가는 엘리베이터 속에서 병삼은 두연을 물끄러미 쳐다본다.

삼십을 훨씬 넘긴 노총각, 하루 사이에 바싹 늙은 것 같고 핏발 선 눈빛뿐만 아니라 면도 자국도 푸릇푸릇하며 초라하고 을씨년스럽게 보였다. 언젠가 밤의 여자를 그에게 떠맡겼을 때 기겁을 하고 달아나던 모습을 병삼은 생각하며 웃었다. 그 나이 해가지고 화려할 것까지는 없지만 직업상 늘 여자들이 맴도는 두연의 환경을 생각하면 이 자식아, 아무래도 넌 머리 깎고 중이 될 팔잔가 보다 하고 싶지만, 좁은 곳에서 얼굴과 얼굴을 바싹 맞대고서 차마 그럴 수는 없었다.

스카이라운지 안은 그야말로 밤의 분위기로 가득 차 있었다. 나지막하게 흘러나오는 피아노 반주에 달콤한 가락, 웬만한 여자면 다 아름답게 보이는 조명 아래 바야흐로 차용해온 정서는 무르익어 갈 판이었다.

병삼과 두연은 맥주를 마시면서 덤덤하게 서로 쳐다본다.

"지겨워서 못 살겠다. 속물들이 우글우글하는군, 화가 나서 못 살겠다. 악을, 악을 써봤으면 좋겠다. 너는 뭐냐! 맞았소이다. 나도 속물이요. 그러니 화가 난다는 거지."

병삼은 손에 든 맥주 컵으로 탁자를 달각달각 치면서 말했다.

그새 동반자가 외국 여자로 바뀐 럭비공 안가와 은숙 여사 아닌 다른 여자로 바뀐 박영수는 과히 멀지 않은 자리에 앉아 있었다.

안가의 동반자는 시골뜨기 방랑자같이 보이는 못생긴 젊은 여자였고, 박영수의 여자는 한복 입은 모습이 아주 세련되어 다방이나 요정의 마담 같았다. 가꾸고 닦아서 젊게 보이지만 삼십은 훨씬 넘은 듯 짐작된다.

안가는 안경을 번득이며 예의 그 거만스러운 일별을 병삼에게 던졌을 뿐 십년지기나 되는지 여자와 툭 터놓고 이야기하고 있는 모양이었다.

"저기 저 말라깽이 친구, 파리 갔다 온 화간데 날 보구 그림 팔아달라고 자꾸만 쪼르는군. 귀찮아서 모르는 척하는 거야."

따위의 거짓말을 늘어놓으며 뭐 뾰족한 수가 날 것 같지도 않는데 열심히 자기 주가를 올리고 있을지도 모를 일이다. 촌 뜨기 방랑자 같은 여자는 두 번이나 이쪽을 돌아보았으니.

그러나 박영수의 경우는 달랐다. 그는 처음부터 일이 공교롭게 됐다 생각했는지 몹시 당황해하는 것 같았고, 바싹 옆에 가까이 앉은 여자는 뭐가 묻었는지 모르지만 박영수의 옷을 털어주고 사랑하는 사이가 아니라면 도저히 그럴 수 없는 표정으로 바라보곤 하는데 그럴 때마다 박영수는 주춤주춤 물러서는 기색을 보이며 병삼이 있는 쪽을 힐끔 살피다가 병삼의 눈과 마주치기라도 할 것 같으면 얼른 담배를 입으로 가져가는 것이었다.

박영수를 빤히 쳐다본 채 병삼도 담배를 한 모금 빨았다.

"한 바퀴를 돌면 이마빡이 닿고 또 한 바퀴를 돌면 코빼기가 닿고, 수도 서울이 이렇게 좁아서야."

휴지를 꺼내어 침을 콱 뱉고 말아서 호주머니 속에 넣으며,

"그러니 누구네 집에 십만 원짜리 수표가 들어오고, 누구네 집에는 누구누구가 냉장고 텔레비전을 들여주고, 빤히 알 수밖에 더 있나. 워낙 땅덩어리가 작긴 하지만 도둑질하고 얻어 먹는 규모도 쩨쩨하고 더럽지. 사내새끼들은 이십칠팔 세만

되면 벌써 빤들빤들하니 요령 도둑같이 약아빠지고 다음엔 땟
국과 개기름이 쪼르르 흐르고 다음엔 폭삭폭삭 늙어버린단 말
이야. 본시 우리 백성들은 왜놈들보담이야 미련하지만 듬직하
게 컸었는데 왜 그 새끼들 포장지 같은 거만 닮아가는지 모르
겠어. 살자 하니 그런가?"

"뭐라고 했나."

멍하니 앉아 있던 두연이 맥주 컵을 들면서 물었다.

"아무것도 아냐. 나도 장가들어야겠다 했지."

두연의 눈이 번쩍 빛나는 듯했다.

"나 이야기 좀 들어주게."

몇 잔 마신 맥주에 취했을 리도 없겠는데 취한 체하면서 드
디어 두연은 자기 자신에 관한 이야기의 실마리를 풀었다.

"골치 아프다. 그만두어."

손을 저으며 병삼이 듣고 싶지도 않다는 시늉을 하니까 도
리어 양두연은 서둘러서, 마치 병삼이 자기 이야기를 들어주
지 않고 훌쩍 떠나기라도 할 것처럼 바싹 다가앉으며 급히 털
어놓기를 시작했다.

이야기의 내용은 '갈매기'의 회원인 강순미에 관한 것이
었다.

강순미라면 병삼도 알고 있었다. 유명한 배우라서 안다거나
—유명하지도 않았지만—개인적으로, 더더군다나 두연의 애
인으로서 알게 된 것은 아니며, 사실은 정식으로 인사한 일조

차 없었다. 연극에 미쳐 돌아가지만 두연의 역량을 그저 그런 정도로밖에 평가 안 하고, 따라서 '갈매기'에 대해서도 지극히 냉담하며 무관심했던 병삼은 두연이 연출하는 연극을 본 일이 꼭 한 번 있었는데 그것이 바로 극회의 이름과 같은 체호프의 「갈매기」였던 것이다.

그때 강순미는 계모 밑에서 군식구처럼 덧붙여 사는 시골 지주의 딸로서 배우가 되겠다는 야망 때문에 시시껄렁한 소설가를 따라 애인을 버리고 떠난 니나 역할을 했었다. 연기는 별로 신통한 것이 못 되었고 다만 여름 비단처럼 가냘프고 아른아른한 그 몸매가 퍽이나 인상적이어서 병삼의 기억에 남아 있었던 것이다.

이야기는 돌아가서, 두연의 말에 의할 것 같으면 강순미와 연애 상태로 들어간 것은 벌써 일 년 전의 일이었다는 것이다.

"물론 우리는 결혼 문제를 심각하게 생각했고, 또 진지하게 의논도 많이 했다. 그러나 자네도 알다시피 내 형편이 집 한 칸 있는 것도 아니고, 고정 수입이 있는 것도 아니고, 시골에서는 내 하는 짓이 못마땅하여 그놈을 도와주느니 차라리 한 강수에다 볏섬을 던지겠다는 식이고, 그런데 문제는……."

두연의 어세는 차츰 느려져서 띄엄띄엄 말을 이었다.

"나하고 결혼하게 되면 순미를 무대에 세우지 않겠다는 그 점인데 주제에 무슨 보수적인 사고방식이냐고 하진 말어. 당초부터 나는 배우로서 순미에게 관심이 있었던 건 아냐. 뭐 내 생각을 합리화하려는 것은 아니고 사실 순미에게는 무대 배우로 일관할 만한 재질이 없었던 거야. 어쨌든 나, 나는 내 아낼 관중 앞에…….”

하다가 감정에 북받치는지 말을 끊었다. 지금 이 마당에서 아내를 관중 앞에, 하고 흥분할 계제도 아니지만 그만큼 믿고 있었다는 이야기는 된다.

“처음엔 반대하더군. 그러나 원래 고집이 센 애도 아니었고 차츰 내 애정, 말하자면 독점욕 같은 것을 이해해주었고 도리어 만족해하는 눈치도 있었어. 그러니까 그 문제는 벌써 양해가 된 거구, 그런데 자네, 최대식이 그 새끼가!”

“자네하고 함께 일하던 그 작자 말인가?”

“음, 지금은 영활 만든다고…… 어디 돈줄을 물었는지…… 그, 그 새끼가 벌써부터 순미한테 눈, 눈독을 들이고, 처자까지 있는 그 죽일 놈이!”

황소처럼 가쁜 숨을 쉰다.

“순미를 그 천박한 것이 살살 꼬여내어 영화에 출연시켜준다고…… 그, 그게 벌써 오래전의 일이었던 모양이야. 나는 나, 나만이 여태 모르고 이, 있었다. 그 죽일 놈이! 오늘 말이지, 바로 오늘이었어. 방송국에서 누, 누가 귀띔해주더란 말이야. 나는 믿지 않았어. 어떻게 믿어? 믿을 수 없더군. 그, 그러니까 그 친구 말이 K호텔 지하 바로 가보라는 거야. 거기 지금 두 사람이 있을 거라구. 갔었지, 갔어.”

그때 절망적인 광경이 되새겨졌는지 두연의 눈에 눈물이 핑 도는 것 같았다.

"바로 갈매기의 실연이었군."

병삼의 말에 대꾸 없이 말을 이었다.

두연은 K호텔 지하 바에서 방송국의 친구가 귀띔해준 대로 반드르르하게 차려입은 최대식 옆에 착 달라붙듯 앉아 있는 강순미를 발견했다는 것이다. 순미는 놀라서 어쩔 줄 모르며 일어섰으나 최대식은 도전하듯 순미를 잡아당겨 자리에 앉히고 한다는 말이,

"양형, 오래간만이군. 요즘의 경기가 어떠시우?"

두연은 분통이 터져 입에서 말이 제대로 나오지 않더라는 것이다. 그는 다짜고짜로 순미의 팔을 낚아채며,

"나가자! 할 말이 있어."

따라 나올 듯 순미는 다시 일어서는데,

"순미!"

하며 최대식이 막아서고 다시 두연에게 눈길을 돌리며,

"그런데 양형, 왜 그러시지?"

하며 능청을 떨더라는 것이다.

"몰라서 물어?"

"모르겠는데요. 하여간 모른다는 것은 그다지 중요한 일이 아닌 것 같고, 감자바위의 주민이라면 몰라도, 숙녀한테 난폭하면 안 되죠."

"뭣이!"

두연의 고향이 강원도라는 것을 물론 알고 한 말이며, 이 촌놈아, 하는 식의 조롱이었던 것이다.

"우선 순미의 의사를 존중해주도록 하는 게 어떨까요?"

"이 새끼가!"

주먹을 휘두르기 전에 최대식은 두연의 팔을 잡았는데 순미의 얼굴이 풀빛처럼 파아래지더라는 것이다. 그때 두연의 눈에는 온통 파아래진 순미의 얼굴로만 가득 차서 팔의 힘이 풀어지더라는 것이다.

"미스 강."

두연의 팔을 잡은 채 순미를 돌아본 최대식은,

"우린 용무가 있어서 만났는데 일단 우리의 용건을 끝내고 양형을 만나는 게 어떨까? 미스 강이 알아서 시간 약속을 하지 그래."

자신만만하게 승리자의 여유 있는 미소까지 머금고 말하자 순미는 두연의 눈길을 피하며,

"저 그, 그럼 곧 갈게요. 네 시까지, H다방에 가, 가겠어요."

"좋다."

두연은 이를 갈면서 그곳을 떠났다는 것이다.

그러나 H다방에서 다섯 시, 다섯 시 반, 사정없이 시간은 가는데 순미는 끝내 그림자도 나타내지 않았으며 두연은 미친 듯 K호텔 그 어두컴컴한 지하 바까지 달려가 보았으나 그때까

지 그곳에서 노닥거리고 있을 바보들이 어디 있겠는가.

"두연아."

절망과 원망에 가득 찬 눈이, 마치 사슴의 눈같이 커다란 눈이 병삼을 바라보았다.

"너 찬물 마시고 속 좀 차려야겠다. 정말 뚜딜겨 패주었음 좋겠다. 나잇값을 하고 덩칫값을 해라. 이 바보 천치야. 기다리긴 누굴 기다려?"

욕을 하면서도 병삼의 눈앞에 H다방에서 K호텔까지 헐레벌떡 달려가는 두연의 모습이 선했다. 언짢은 생각과 함께 아까 길거리에서처럼 묘하게 질투 비슷한 감정이 끼어든다. 좋은 일이든 궂은일이든 아무튼 열심히 뛰고 있다는 것에, 죽고 싶도록 답답하고 괴롭긴 하겠지만 여백 없이 가득 차 있는 두연의 삶이 부러웠던 것이다.

"다방에 앉아서 그래 그깟 년을 기달렸단 말이지? 시계만 쳐다보면서. 흔한 말로 그거 아니면 여자가 없나? 시궁창이고 길거리고 쌓여서 남아도는 게 여자란 말이야. 돈 몇 푼에 몸을 파는 창부하고 뭐가 달러? 그래, 그깟 년을 너가 기다리고 앉아 있었더란 말이야?"

미묘한 감정이 그런 식으로 나타났다.

서슴없이 병삼의 입에서 욕설이 튀어나오자 두연의 얼굴은 순식간에 홍당무가 되었다. 그에게 있어서 순미는 여전히 소중한 존재였던 것이다. 순미가 아주 모질게 그를 뿌리치고 가

버렸다 하더라도, 이미 간 거나 다름없지만, 두연은 여자에게 년 자를 붙여 말할 위인이 아니었다.

"왜 분한가? 억울해? 그럼 그 애를 창부라는 말 대신 천사라 불러줄까?"

"너무 심하다!"

"그 선부른 낭만일랑 집어치워. 낭만도 아니구 신파야. 나쁜 년한텐 속 시원히 욕을 해주는 거지."

"감정이 그리 간단하게 생겨먹었나?"

"간단하지. 그것처럼 간단한 게 어디 있어?"

"억지소리 하지 마. 한 번도 절박해본 일이 없는 자네가 할 말은 아니다. 구경꾼들이야 무슨 말을 못 하겠나."

하는데,

"오래간만이군."

굵게 울려서 퍼지는 목소리에 두연이 얼굴을 쳐들었다. 박영수가 어느새 옆에 와서 시부죽히 웃고 있었다. 그는 혼자였다.

"오, 오래간만입니다. 선배…… 님."

황급히 몸을 일으킨 두연은 꾸벅 절을 했다. 남 보기에, 그리고 박영수에게도 두연의 태도는 상당한 경의의 표시로 생각할 수 있었다. 그러나 그들은 다만 S상대의 동창이었을 뿐, 두연이 각별하게 경의를 표해야 할 별다른 이유는 없었다. 걷잡을 수 없이 엇갈려진 두연의 심리 상태가 아마 그런 태도를 취하게 한 것 같았다.

"술집 마담한테 붙들려 혼 빼었어."

결국 박영수는 그 말이 하고 싶어 여자를 먼저 보내고 병삼이 있는 곳으로 온 모양이었다.

"저 풍문에…… 불행이 있으셨다구요."

언제의 일인데 뚱딴지처럼 조의도 아니고 어중간한 말을 하며 두연은 초점 없는 눈을 이리저리 보내는 것이었다. 병삼에게 이야기를 다 털어놓았지만 마음은 조금도 시원하지 않았고, 오히려 괴로움은 더했을 뿐이다. 두연은 누구든 그리고 무슨 일이든 얽어걸리기를 바라고 헛소리라도 지껄여야만 숨을 쉴 것 같았는지 모른다.

"뭐, 옛날 이야기지. 이 년이나 지났는걸."

"아직 재혼은 안 하시고."

"누가 와주어야 하지."

이때 박영수의 눈이 병삼의 눈과 마주쳤다. 그는 병삼의 눈을 슬며시 피했다.

"일전에 Y신문사의 간부들하고 진탕 마셨는데 서로가 다 술값 내는 걸 잊었던 모양이야. 우연히 오늘 마담을 만나서 혼이 났어."

구차스럽게 박영수는 그 말을 다시 되풀이했다. 그리고 신문사의 간부들, 할 때 너도 미술평론인가, 뭐 그런 글 나부랭이를 쓰는 처지고 보면 나 같은 사람, 쓸데없이 들쑤셔놓으면

별 이로울 점이 없을 것이라는 그따위 철없는 저의가 있는 것 같기도 했다.

"앉으시죠."

그때까지 잠자코 있던 병삼이 빈 좌석을 가리키며 멸시에 찬 웃음을 띠었다.

박영수는 마지못해 웃으며 권하는 자리에 앉았으나 마음속으로는 병삼의 그 멸시에 찬 웃음이 주먹을 휘두르고 싶도록 미웠을 것이다.

"그런데 요즘 양형은 뭘 하구 있어?"

"연극쟁이죠."

두연이보다 병삼이 먼저 대답했다. 그리고 덧붙여서,

"배운 도둑질이나 했음, 아니 실례했습니다. 상아탑에서 배운 대로만 했음, 지금쯤 사장은 못 되어도 과장쯤은 됐을지 모를 위인이."

"나 같은 사장보담이야 연극하는 편이 유명해져서 좋은 거요. 신문지상에 이름도 자주 나고."

비꼬아 응수했다. 병삼이 두연을 팔면서 상대방을 모욕하는 거나 박영수의 두연을 내세워 글 부스러기나 쓴다고 까불지 말라는 투의 언질은 피장파장이다.

"양반이 솥에 들어가지 않는다는 말이 있습니다만, 이름 석 자가 어디 솥에 들어갑니까? 돈이 제일이죠. 연필 한 자루라도 만들어내는 게 장땡입니다. 게다가 이 친구 옛날로 치면 광대가 아닙니까?"

"곰팡내 나는 말씀이군. 모두가 다 거룩하신 단군 할아버지의 자손인걸."

내뱉은 박영수는 다시,

"하기야 돈도 있어야지. 구름 먹고 못 사는 게 인간이니까."
하며 담배를 꺼내어 천천히 붙여 물었다.

사실 박영수는 병삼하고 감정 있는 말을 주고받으며 암투를 벌이려고 이 자리에 왔던 것은 아니다. 여자하고 함께 있던 풍경이 야릇한 방향으로 번져서 전달되는 것을 두려워하여 달갑지 않은 병삼에게, 아니 양두연이 후배인 것을 기회로 삼아 왔던 것이다. 사업하는 사나이가 어떤 사람을 데리고 이런 곳에 못 올까마는 그러나 그 사업이라는 것을 위해 신중하게 검토하여 세운 계획에 어떤 차질이 와서는 안 되겠다는 생각은 꽤 집요했고 행여 후일에 건더기가 되지 말라는 법도 없으니 박영수는 병삼에게 그 동행의 여자가 아무 관계도 없는 요정의 마담이라는 것을 명백히 해둘 필요가 있었던 것이다.

사실이 명백하다면야 구태여 그럴 필요는 없는 일이다. 그러나 박영수와 그 여자는 단순한 요정의 마담이며 술손님이 아니었다. 여자는 벌써부터 상처한 박영수의 후처 자리를 노리고 있었고, 박영수는 박영수대로 은근히 그와 같은 암시를 주면서 여자의 재산을 적지 않게 사업에다 끌어들이고 있었다.

담배를 붙여 문 박영수는 이대로 떠나기는 뭣하고, 있자니 별로 할 말이 있을 것 같지도 않아 거북한 눈치였다. 그러나 그는 마침내 좋은 생각이 떠올랐던지 두연에게 얼굴을 돌렸다.

"연극보다 영화 방면으로 나가보는 게 어떨까?"

하며 이야기의 각도를 돌려놓는다. 순간 두연의 양 귀는 쫑긋해지는 것 같았다.

"글쎄요. 생각 안 해본 것도 아닙니다만."

순미를 유혹한 최대식에게 증오심이 아직 불붙고 있는 두연에게 영화 방면이라는 말은 상당히 자극적인 것이었다.

"결국 돈이 문제죠."

풀이 죽으며 뇌었다.

"뭐, 돈 같은 거야 유휴자본을 찾아보든지, 관심 있는 사업가를 설득하면 되는 거구. 요는 팔릴 수 있는 영화를 만드느냐가 문제지."

"그야 그렇죠. 하나, 지금 수준 가지고는 안 됩니다, 안 돼요. 고무신 손님만을 노리는 현상은 타락이 있을 뿐, 한국의 영화는 한 치도 앞으로 나가질 못합니다."

마치 박영수가 돈을 내놓으려는 바로 그 장본인이기나 하듯 두연은 설득하는 투로 말했다.

"실은 나도 지금 하는 사업에 염증을 느끼고 있는데……."

박영수는 슬쩍 미끼를 던졌다. 목적도 없이.

조금 전까지만 해도 영화의 영 자도 생각해본 일이 없었고, 이 자리를 떠나는 순간 박영수 머릿속에서 깨끗하게 지워져 버리고 말 것을. 하기는 증서 쓰고 도장 찍는 일이 아닌 바에 야 무슨 말인들 못 하겠는가. 말이란 책임이 없다, 더욱이 박영수 같은 인물에게는. 오히려 듣기 좋은 말, 솔깃해지는 말로 실의에 빠진 사람에게 한때나마 희망을 갖게 하는 일은 적선일 수도 있으니 나쁠 것은 없다.

　과연 두연의 눈이 번쩍 빛났다.

　"서, 선배께서 해보실 의향이 있으시다면…… 저, 저는 발 벗고 한번 나서보겠습니다."

하며 탁자 앞으로 몸을 쑥 내밀었다.

　"의향이 없는 것도 아니지. 한번 멋들어진 영화를 만들어서, 그리고 해외시장을 개척해보는 것."

　"그, 그럼요."

　두연은 침을 꿀컥 삼켰다.

　"그것도 좋은 이야기고 남자로서 해볼 만한 일이지."

　"해볼 만한 일이구말구요."

　"벌써부터 선진국에서는 영화란 산업화된 건데 한국의 형편을 볼 것 같으면 촌놈들 호주머니 털어가며 동냥식으로 하고 있으니 뭐가 되겠어?"

　"바, 바로 그렇습니다. 그것을 타개하려면 양식 있고 대담한 자본가가 나와야 하고 천재들이 나와야 합니다. 광고에 나오는 그따위 거장, 천재들 말고 말입니다. 이런 말 하면 뭣하지만 돈이 아쉬워 각색도 더러 해봤고, 첫째 나는 화면을 압니다. 영화의 문제성이라든가 사건의 재미 같은 것은, 그것은 시나리오가 결정짓는 거구요. 첫째 관중들 시각에 어필하는 화면, 배우의 연기력 말입니까? 물론이죠. 물론 그건 중요합니다……."

'사람 죽이네. 이 자식이 계집애 하나 때문에 막 돌아가는 판이로구나.'

흥분하여 마치 두연 자신이 천재의 깃발을 높이 쳐든 것처럼 지껄이는 꼴을 병삼은 물끄러미 바라본다.

"그러나 화면 구성에서 연기력도 배우도 살아나는 거 아니겠어요? 요즘 영화들 보십시오. 천편일률입니다, 천편일률. 가령, 가령 부호의 응접실이 나온다 칩시다. 부호에도 천층만층, 형형색색 아닙니까? 무지막지한 데서부터 재빨리 개화하여 전통을 세운 집안, 상당한 취미인에서 상당한 인텔리, 그런데 말입니다. 그 집 임자의 개성이 암시된 실내장식의 영활 보신 일이 있습니까? 고작 인형이고 꽃병이고 피아노죠, 그것도 제대로 배열이나 되었음 좋겠는데, 심한 것은 장바닥에서 싸온 꽃을 꽃묶음도 풀지 않고 쑤셔 넣은 꽃병이 응접실 임자의 높은 교양을 표현해주고 있단 말입니다, 그, 글쎄 인형이 있어야 하고 피아노 텔레비가 있어야 하는 상식의 범위에서 움직인다면 어디로 가든 줄타기를 하는 곡마단하고 뭐가 다릅니까? 화면에 사람이 움직이는 것만 보아도 신기했던 시대가 아니란 말입니다, 지금이. 그리고 엑스트라, 보셨죠? 어쩌면 권번의 기생들은 그렇게 모조리 못나고 거지꼴입니까. 아마 옛날 사또께서는 박색 경연대회를 열었던 모양이죠? 화면을 스치는 것이라면 나뭇가지 하난들 어찌 소홀히 합니까. 배경이나 풍경도 배우와 함께 연기를 해야 한다는 것을 왜 모르냐 그 말입니다. 허 참, 살인 장면, 이거, 이거, 웃기죠. 도끼를 치켜들고 이리 뛰고 저리 뛰고, 공포는커녕 난센스! 지금도 기억하고 있습니다만 옛날에 본 「엽기의 집」이란 영화가 있었어요. 그 영화의 소름이 쫙 끼치는 살인 장면은 이렇습니다. 이 층에서 내려오는 검정 치맛자락과 검정 구두가 보입니다. 암시적이죠. 그러면 돌아앉은 주인마님의 모습이 나타납니다. 진주 목걸이를 건 목덜미가 클로즈업되고 화면이 바뀌어서 흩어진 진주 구슬이 마룻바닥을 대굴대굴 굴러갑니다. 그것뿐이죠. 관중은 목 졸려 죽었을 주인마님을 상상하고도 남음이 있죠. 살인자나 피살자의 얼굴이 어디 나타납니까? 동작 하나 어디 나타납니까? 그런데 진땀이 배더란 말입니다……."

맥주가 떨어진 것을 본 병삼은 손짓하여 웨이터를 부른다. 주문을 받은 웨이터는 맥주를 가지고 왔다. 부어주려는 것은 그만두게 한 병삼은 박영수의 잔에, 그리고 자기 잔에 맥주를 부어 마신다. 두연은 여전히 손짓을 하며 지껄이고 있었다.

"왜 그네들을 딴따라라 합니까? 오히려 딴따라였던 그 옛

시절엔 그들 자신에게 낭만 같은 것이나마 있었습니다. 기분에 취할 수 있었으니까요. 지금이야 딴따라도 못 됩니다. 도떼기시장 판의 장사꾼이죠. 장사꾼 손끝에서 예술이 나오겠습니까? 예술은 부재입니다. 예술은 빈사 상태입니다. 누구든 나와야죠. 사명감을 갖고 나와야 합니다. 배우도 감독도 제작가도, 모든 면에서 미쳐 돌아가는 사람이 나와야 합니다. 그리고 대담하게 개성을 찾아야 합니다. 배우만 해도 안 그렇습니까? 배우는 인형이 아닙니다. 살아 있는 생명, 그 발랄한 생명이 어디 숨어 있는가, 그것을 찾아서 집중적으로 강렬하게 표출해야 합니다……."

두연은 정말 제정신이 아닌 것 같았다. 그는 목마른 것도 잊었는지, 침을 튀기며 내리 지껄이는 것이었다.

'미쳐나는군, 미쳐나. 좋다. 그런 식으로나마 배설을 해보아라. 공수표면 어떠냐. 기집앨 잡아서 모가지를 비트는 것보담은 낫다. 콩밥 먹을 염려도 없고.'

병삼은 이 가엾은 사나이를 바라보면서 담배와 맥주를 번갈아가며 태우고 마시고 하는 것이었다.

두연의 일장 연설이 끝나자, 그것을 이어받은 박영수의 연설이 시작되었다.

'모두 허기가 들어서 저러는 거다. 눈앞에서 황금덩이가 번쩍번쩍하는데 구경만 하고 있으려니까, 답답하고 조갈증이 나서 저러는 거다. 욕망 무한, 실로 욕망 무한이로다.'

병삼은 묘하게도 자기 자신까지 슬퍼지는 생각이 들었다.

박영수의 연설의 골자는 두연이 지향하는 바와 같은 영화를 만들려면 무엇보다 막대한 자본이 있어야 하고 그것을 아낌없이 때려 넣어 그만큼 또 많이 거둬들여야 한다는 것, 그러기 위해서는 주식회사를 만들 수밖에 없는 거고, 정치적인 뒷받침도 있어야 한다는 그런 것이었다.

피차가 빈털터리 호주머니를 차고—두연은 박영수가 알맹이 없는 허울 좋은 사장이라는 것을 꿈에도 생각하고 있지 않았지만—한바탕 열을 올리다 일어섰을 때 공허한 밤이 히죽히죽 웃으며 그들 둘레를 맴돌고 있는 것 같았다. 안가는 없고, 보헤미안 같은 그 외국 여성도 보이지 않았다.

피아노 앞에 앉은 가수는 살살 기는 듯 건반을 누르면서 노래를 부르고 있었다. 어지간히 슬퍼질 수 있는 가락이었다. 스카이라운지에서 내려다보이는 서울의 밤은 찬란하여 불빛과 별빛이 꿈같고 남의 세월 속에 잠시 멈추어보는 서울의 나그네들, 왜 이 땅이 가난한가? 천만의 말씀이다. 판잣집도 지게꾼도 보이지 않는 서울은 이렇게 아름다운데.

바람에 바바리코트를 펄럭이며 거리로 나온 그들은 우선 박영수와 헤어졌다. 박영수는 돌아보지 않고 손만 흔들어주며 고독한 사나이 같은 포즈를 취하더니 사라졌다.

"어떡헐 테야? 그 쓸개 빠진, 망할 년의 집에는 갈 거야?"

병삼이 물었다.

"네 여자냐? 왜 욕을 하는 거야!"

두연은 소리를 팩 질렀다.

"그럼, 그 공주님 댁에 가시겠수?"

"안 간다!"

"왜?"

"나는 안 간다! 순미를 내게 오도록 할 테다!"

"좋아. 해는 내일 또다시 뜬다. 우선 지금 생각엔 찬성이다. 그럼 이 차! 이번엔 막걸리야."

트림과 함께 술 냄새를 피우며 병삼은 두연의 허리에 팔을 감았다. 그리고 길을 건넜다.

그들은 술집으로 찾아들어 갔다. 술에 약한 두연은 어거지로 술을 마시고 어거지로 기분을 내면서 예의 그 영화 이야기를 꺼내어 천재 출연을 역설하더니 세상이 썩었다고 욕설을 퍼붓고, 그런가 하면 바야흐로 찬란한 성공의 전당이 문을 열어놓고 그에게 손짓이라도 하는 양 미래의 이상과 꿈을 논하고, 드디어는 박영수를 위대한 인물로 추대하는 등 도시 황당무계한 소란을 피우는 것이었다.

"박영수 씨가 학생회장으로 있을 때 나는 벌써 그가 비범한 인물이라는 것을 간파했거든. 어느 길에서든 그는 반드시 성공할 거야."

"돈 있는 여자만 낚으면 틀림없지."

"그 면을 나도 모르는 바는 아니야. 그의 첫 번째 결혼이 정략이었다는 것도 알고 있어. 그러나 사나이는 클려면 그래야 하는 거구, 그만한 양심의 묵살쯤 문제가 되지 않는다! 부도덕? 개나 먹으라지. 소인배가 무서워하는 말이지. 부도덕? 자넨 그렇게 말하고 싶은 거지? 박영수 그 새끼 믿을 만한 위인이 못 된다구. 시저…… 음, 응, 우리 같은 어디 인간에게만 그런 줄 아나? 나폴레옹, 히틀러는 모두 성인군자였었나? 수천 수만의 인간을 살육한 그들이야말로 도덕적 척도에서 본다면 극악분자 아닌가? 그러나 사람들은, 그리고 역사는 그들을 영웅이라 한다! 가치의 우위에서 열성을 잡아먹는 것은 보다 큰 가치 확립을 위해 소위 필요악인 것이다! 삼라만상은 그 원리 원칙에서 순환하고 있는 거야."

"흠, 한국의 라스콜니코프가 나타났군. 그런데 자네 언제부터 웅변을 배웠지?"

"박영수 씨로 말할 것 같으면 학생회장으로 있을 당시 그 비상한 정치적 수완으로 학생들의 존경을 받았고, 무수한 여자들이 그의 꽁무니를 줄줄 따라다녔건만 한 번도 감정에 놀아난 일이 없었다는 거야. 그는 결혼까지 냉철하게 계산했지. 그건 아무나가 할 수 있는 일은 아니라고 나는 생각해. 사나이는 일이 첫째야! 야망을 위해 한눈을 팔아서는 안 된단 말이야! 모두, 모두들 박영수 씨처럼 못 하는 것은 못났기 때문이요, 용기가 없기 때문이요, 신념을 갖지 못했기 때문이야! 안 그래? 부도덕한? 그 말이 겁나는 거지. 얼마나 모두가…… 모두,

그 말을 겁내고 있는지 아나? 병신 같으니라구."

두연은 자기 자신과는 구만리나 먼 남의 이야기, 죽었다 깨어난다면 몰라도 자신은 도저히 그럴 수도, 그럴 생각도 없는 이야기를 늘어놓으며 떠들어대는 것이었다.

밤이 늦어서, 아주 늦어서 주먹을 치며 고함을 지르는 두연을 병삼이 거리로 끌어냈다. 길은 넓어졌고 오가는 사람은 드물었다. 두연은 그 넓은 밤길을 헤매면서 짐승 같은 울음을 터뜨렸다. 정말 그것은 짐승의 울음 같았다.

두연의 머릿속에는 스카이라운지에서부터 대폿집에서 지껄이던 말들이 새까맣게 지워지고, K호텔 지하 바에서 본 순미의 얼굴만 떠오르고 있었을 것이다. 절망과 또 절망에 그는 죽고 싶었을 것이다. 황량한 들판을 혼자 헤매듯 그는 고독에 몸서리치고 있었을 것이다. 겨우 잡은 택시에 두연을 담아 싣고 그의 하숙으로 간 병삼은 가눌 수 없이 취한 두연을 방에 떼밀어 넣고 터덜터덜 돌아온다. 집 현관에 들어섰을 때 눈이 휘둥그레진 할멈은,

"옥이 어제 갔어요."

했다. 아무래도 주인에게 야단을 맞는 꿈이라도 꾸다 나온 모양이다. 엉뚱한 말이었던 것이다.

"아아."

듣는 둥 마는 둥 대꾸하고 자기 방으로 들어가며 병삼은 쓰게 웃었다. 도둑이 제 그림자에 놀란다고 묻지도 않는 말을 하

는 할멈, 그의 손녀 옥이가 시골서 가끔 올라와 몰래 신세를 지고 있는 모양인데 병삼은 알고 모르는 체해왔던 것이다.

옷을 후딱후딱 벗은 병삼은 바로 방 옆에 붙어 있는 목욕탕으로 들어간다. 술을 많이 마시고 들어가면 안 되는데 하고 생각하면서.

막 욕탕 안으로 들어가려 하는데 전화벨이 울렸다.

"제기랄!"

병삼은 가운을 걸치고 나와서 혀를 두드리며 수화기를 들었다.

"너, 세월 좋구나!"

대뜸 유 여사의 목소리가 울려왔다.

"벌써 몇 번째 전활 거는지 알기나 해?"

"무슨 일이요, 밤늦게."

"은숙일 만났다며? 아케이드에서."

"네, 만났어요."

"수요일 저녁에 오기로 했다구?"

"그렇게 말한 것 같군요."

"말한 것 같다니, 희미한 소리 말구, 너 약속 지키는 거지?"

"내일 일도 모르는데 그날이 되어봐야죠. 누가 압니까? 오늘 밤 목욕탕에서 뇌일혈로 뻗어버릴지⋯⋯."

"정신 나간 소리 작작 해!"

"아무튼 수요일의 일까지는 장담 못 하겠군요."

"내가 그럴 줄 알았어. 그럼 왜 약속은 했니?"

"거짓말도 때에 따라서 살아가는 방편이라고 누가 그러더군요. 바빠서 빼느라고 그랬죠."

"그러지 말구 오도록 해. 외국 손님도 오시구 그래서 특별히 널 초대하는 거야."

"고마운 이야깁니다."

"별로 유명하진 않지만 얼마 전에 여기 들른 미국의 피아니스트라 하더구먼. 그분을 초대하는 거야. 이번에 은숙이 둘째 애를 딸려 보내려고 그러는가 부더라."

"돈 많은데 누가 데리고 가지 않음 못 갈까 봐서요?"

"그렇지만 그냥 가는 거하고, 적어도 외국의 전문가가 데리고 가는 건 다르잖니? 재주가 있어서 길러줄려고 데리고 간다 하면 선전도 되구, 남 보기에도 좋지 않어?"

"맞습니다. 신문지상에 천재가 또 하나 탄생하겠군요."

"이죽거리지 말구, 제발 좀 착해보려무나."

유 여사는 살살 달래려 든다.

"누님 딸도 아닌데 왜 그리 열을 올리시우?"

"친구 간에 그럴 수도 있지, 뭐. 그것도 그렇지만, 사실은 지금 은숙이 운동을 하고 있단 말이야."

"운동이라뇨?"

"널 M대학의 전임강사로 말이야. 그까짓 시간강사라면 나 말도 꺼내지 않았을 거야. 일류에서도 마다고 그만두었는데.

하지만 삼류라도 전임이면 옮기는 거야, 또 어떻게 해보는 거구. 너도 알다시피 은숙이 시삼촌이 M대학의 이사장이거든. 그러니까 틀림없는 일이야. 사람이란 혼자는 못 살아요. 상부상조, 서로 도와가면서, 아니 그게 무슨 소리야?"

"트림을 했죠."

"그런데 은숙인 이번 일에 상당히 신경을 쓰고 있단 말이야."

"내 일에 신경을 쓰시다니."

"아아니, 손님 초대하는 것 말이야. 어쨌든 오는 손님을 기분 좋게 해야거든, 그런 뜻에서."

이야기를 하다 말고 유 여사는 깔깔 소리를 내며 웃는다.

"하여간 은숙인 약단 말이야. 개밥에 도토리 격이지만 윤이도 초대했는데, 그 저의가 뭔 줄 아니?"

"윤이?"

듣는 둥 마는 둥 하던 병삼이 수화기를 고쳐 잡으며 바싹 다가서는 기색을 보인다.

"아니, 접때 봤잖어. 내가 소개하던 여학교 때 후배 말이야. 그 소복의 미인을 몰라?"

"아아."

병삼은 이제 알았다는 듯 일부러 능청을 떤다.

"은숙의 말이 주빈의 눈요기나 시키자 그거야. 사실이지 머리가 텅텅 비어 그렇지 윤이는 미인이거든. 글쎄 평소엔 영 싫

어하면서도 이런 기회에는 써먹으려 하는 은숙이도 여간내긴
아니야."

"그 여자가 그리 미인일까?"

또 능청이다.

"미인이지, 미인이잖고. 학교 시절엔 굉장했단다."

"그 여자 남편이 뭘 한댔죠?"

"뭐, 물리학자라던가. 미국에 가 있다고도 하는데 어쩐지 좀
알쏭달쏭해."

"알쏭달쏭하다면, 뭐 없는 남편을 설마 있다고 했을까 봐
서요."

슬쩍 떠본다.

"아니, 그렇다기보다 그 앤 한동안 지방에서 살았었거든. 서
울 온 지 얼마 되지 않았고 그때부터 날 찾아다니는데, 결국
우리 선에서 놀구 싶은 거야. 그렇기 위해선 그만한 남편의 신
분이, 호호호…… 하도 교양이 없고 둔해빠져서 미우니까 모
두들 그런 추측을 하는 모양이더라만."

"그런데 은숙 여사께서 나를 초대하는 저의는 무엡니까?"

싱글벙글 웃으며 묻는다.

"너야 내 동생이구, 친한 사이니까 초대하는 거지. 은경의
경우도 계산에 넣었을 거구. 하지만 그런 일보다 넌 불란서까
지 갔다 왔겠다 미술평론가에다 그림도 그렸고, 예술가들끼리
의 얘기가 통할 것 아냐."

"그만두세요, 그만. 갑니다."

"틀림없지? 지금은 말 안 하지만 너가 와야만 할 우리 쪽의 형편도 있는 거니까."

"알았어요. 틀림없이 갑니다!"

병삼은 소리를 지르고 수화기를 팽개치듯 놓았다.

"두연이는 천재가 되구, 나는 간통이나 해야겠구나, 어어우……."

병삼은 늘어지게 기지개를 켜면서 욕실로 들어갔다. 가운을 벗어 던지고 그는 뜨뜻미지근한 물속에 푸욱 잠긴다.

3. 객실 풍경

병삼은 수요일 저녁 약속한 시간에 어김없이, 아니 이십 분 가량이나 일찍 은숙의 집에 도착했다.

대개의 경우, 초대를 받았을 때 고명하신 손님들은 늦게 나타나는 모양인데, 그래도 초대한 축에서는 바쁘신 양반이 이렇게라도 얼굴을 보여주셨으니 하고 감지덕지하는 게 세정인 것 같고, 와도 그만 안 와도 그만인 손님의 경우에도 막상 제시간에 참석 안 하면 모처럼 베풀어준 후의가 배반당한 것 같고 초대의 권위에 상처가 간 듯하여 귀가 저절로 바깥 기척에 쏠리는 것이 사람의 심리다.

한편 시간보다 일찍 손님이 나타났을 때는 각별히 친한 사람이거나 환영할 만한 가치가 충분히 있는 사람이면 준비에 약간 혼란이 일어도 물론 반가운 일이겠고, 그저 그런 처지고 보면 아무래도 주책없는 친구로 다소 괄시를 받게 된다.

결국 이러나저러나 우대받을 사람은 우대받고 괄시받을 사람은 괄시받게 마련이며, 다만 그저 그런 처지의 손님이 늦게 올 때만은 쥐꼬리만큼 주인에게 자극을 준다는 점이 다르다는 이야기다. 그럼에도 불구하고 병삼이 이십 분가량이나 일찍 간 것은 소복의 윤이 때문에 마음이 들떠 그랬던 것만은 아니다.

가령 초대연 도중에 들어갔다면,

"아유, 어서 오세요. 미스터 유!"

"그간 안녕하셨어요? 유 선생."

"더 마른 것 같으네? 언제쯤 국술 먹여주시겠어요?"

등등의 인사말을 던지면서 환영을 표명해줄지도 모르고,

'흐음? 저 친구는 여긴 왜 왔누?'

'빈상에다 부쩍 마른 저기 저 친구 대체 뭘 하는 작자야?'

그런가 하면 개미 새끼 한 마리가 기어든 것처럼 숫제 거들떠보지도 않을는지 모른다.

아무튼 사람을 맞이하는 농도가 여하튼 간에 병삼은 이미 조성된 분위기를 뚫고 들어가는 생소함을 겪느니보다 미리미리 가서 자리를 차지하고 앉아서 들어오는 사람들의 그 독특한 표정을 구경하는 편이 낫다고 생각했던 것이다. 뭐 그렇다고 해서 병삼이 곱살스럽게 그런 것을 계산한 바는 아니었으나, 이곳저곳 다니다 보니, 이 사람 저 사람 사귀다 보니 자연히 마음 편한 방법을 어느덧 저도 모르게 터득하게 되었을 것이다.

은숙 여사의 저택은 소쇄하고 세련된 양관이었다.

병삼은 객실로 안내되었다. 외관 못지않게 은근히 멋진 실내로 들어섰을 때, 보랏빛 벽면을 등지고 은숙과 유 여사는 회색 소파에 나란히 앉아서 이야기에 열중해 있었고, 낯선 신사 양반 한 분이 졸라맨 넥타이가 갑갑했던지 굵은 목을 좌우로 돌려보면서 매우 근엄한 자세로 앉아 있었다.

"어서 오세요. 미스터 유!"

은숙은 앉은 채 인사하였고, 유 여사는 만족스럽게 미소하며,

"일찍 오는구나."

했다.

"그간 안녕하셨습니까."

병삼은 은숙을 향해 정중히 인사했다.

"보는 바와 같이 매우."

은숙은 얕잡는 듯 두 어깨를 쳐들었다 놓으며 대꾸했다. 그 바람에 목의 비취 목걸이가 흔들렸다.

병삼은 맞은편 좌석에 엉덩이를 놓았다. 그러고는 그만이었다. 은숙은 더 이상 병삼을 상대하지 않았다. 은숙은 어느새 유 여사와 하던 이야기를 계속하고 있었다. 아케이드에서 호들갑스럽던 친밀감을 생각하면 은숙의 태도는 의외였다. 초면

인 신사가 동석하고 있는데 소개조차 하지 않는 처사는 아무래도 고의적이라 할 수밖에 없다.

하기는 큰 상점일수록 상품은 구색이 맞아야 하고 식탁 앞에 앉는 사람 역시 그 연회가 호화로울수록 사람의 구색이 맞아야 한다. 말하자면 구색을 갖추기 위해 초대된 병삼인 만큼 생선 가게의 꼴뚜기쯤 자처하고 있는 게 좋겠지만, 돌변한 은숙의 태도가 궁금하지 않았던 것은 아니다.

해방이 되어 이십삼 년, 그동안 벌써 곰팡이가 슬게 된 이야기지만, 금배지를 달고 들어가 앉을 좌석을 탐내는 양반들이 선거기간 동안에는 누구라 할 것 없이 선거구민이면 누구에게나 머리를 조아리며, 주권자들의 부지런한 심부름꾼이 될 것을 맹세하고 애소도 하다가 몽매간에 그리던 좌석을 차지하고 보면 다음에는 신성불가침한 권위의 장막을 내려놓는 그런 풍토에 비기는 것은 다소 거리가 있는 일인지 모르지만, 은숙의 경우도 그와 비슷한 것이었는지 모른다. 필요에 의해 오게 하는 것이 목적이었지, 병삼을 환대하는 것이 목적은 아니었으니까. 오히려 이쪽에서,

'저까지 초대해주셨으니 얼마나 영광인지 모르겠습니다.'
하든지, 아니면 그런 시늉이라도 해야만 연회를 베푼 임자에게 빛이 난다. 만일 순진한 친구가 있어서 평소의 우정을 믿고 이 애 어쩌구저쩌구, 자네 어쩌구저쩌구 해보았자, 이 친구가 왜 이리 덤빌까? 눈초리를 받기 십상이다. 세상을 살아가노라

면 경우에 따라 원수 같은 사람도 친한 체하고 가까운 사람도 먼 것처럼 꾸미는 일이 허다한 것을, 소위 정치의 냉혹함과 마찬가지로 사교계에 있어서도 그 이치가 통하는 것이겠다.

그러나 은숙이 병삼을 냉대하는 데는 사교계의 관례도 관례려니와, 평소 푼수 없이 건방진 데 대한 일종의 보복 심리가 포함되어 있긴 했다. 게다가 병삼은 이십 분이나 일찍 왔었고, 시계가 고장 났었다는 변명도 없었으니.

'흥, 어지간히 콧대가 세더니, 그것도 그저 그래 본 거구나.'

이따금 곁눈질하는 은숙은 그런 쾌감에 젖어 있는 것 같기도 했다.

낯선 신사는 무료했던지 담배를 붙여 물었다. 유 여사는 초조해하는 빛을 띠었으나 은숙의 비위를 맞추고 있었다.

"어쩌면 그리 감쪽같으니?"

"가발 같지 않지? 글쎄, 말도 말어. 이젠 식모까지 미니컷이란다. 온 창피스러워서, 모두들 원숭이처럼 흉내는 자알 내지. 처지도 모르고, 어울리고 안 어울리는 것 가릴 것 없이, 줄에 엮은 동태처럼 너도나도야. 외국에선 유행이라면 상류사회를 돌다 마는 건데."

"그러니까, 뱁새가 황새 따라갈려면 가랑이가 찢어진다잖어."

맞장구를 쳤으나 유 여사는 조마조마한 눈초리를 근엄하게 앉아 있는 신사에게 보내곤 한다.

유 여사는 은은한 연분홍빛 치마저고리를 입고 있었다. 목에 건 비취 빛깔보다 짙은 비로드 드레스를 입은 은숙에 비하여 유 여사의 의상이 보랏빛 벽면에 더 잘 어울렸다.

"그런데 말이야, 혜옥이가 왜 그리 윤이를 싫어하지."

은숙이 물었다. 병삼의 귀가 쫑긋해졌다.

"괜히 그러잖아. 신경과민이야."

은숙은 킬킬 웃었다. 웃으면서,

"혜옥이 질투도 보통은 아니지. 그 점만은 아무래도 졸업을 못 하겠는 모양이야. 남편 누가 업어갈까 봐 밤에 잠이나 제대로 자는지 몰라. 차 선생 그 양반, 원체 바람기가 좀 있긴 하지만."

"요즘에야 어디 그럴 수 있니? 남들의 눈이 무서워서."

"글쎄, 접때 은경이도 투덜거리더군. 그 언니, 어떻게 된 사람 아니냐구. 이웃에 사니까 어쩌다가 지나는 길에 만나면 차 선생하고 인살 하게 되는데 혜옥이 신경을 쓰고 이상하게 중상까지 하는 모양이야. 은경의 말이 저게 왜 시집을 안 가고 남의 속을 썩여? 하는 것 같다는 거야."

은숙은 다시 킬킬대며 웃었다.

은경의 말이 나와서 그랬던 것은 아니지만 이 방 안 장식에는 은경의 의견이 많이 미쳤을 것이라고 병삼은 생각했다. 은경이 미국에서 돌아오기 전, 그러니까 재작년인가 그 무렵, 병삼이 초대받아 한 번 왔을 때 이 객실은 때가 덜 빠진 상태였던 것이다. 그러나 지금은 대담하면서 차분한 색조, 번쩍번쩍

하는 비품들이 없어지고 대신 한국의 묵은 냄새가 풍기는 것으로 바뀌어졌고, 썩 좋다 할 수는 없으나 실내의 색채와 조화되며 방 안 넓이에 적당한 크기의 그림도 그때 것하고는 달랐다.

항간에서는 요즘 삼종三鐘의 신기神器라는 말이 나돌고 있는 모양이다. 대일본제국의 왕통의 상징인 삼종의 신기를 유행어로 사용할 수 있는 것은 전적으로 해방의 덕분이겠는데 그 삼종이 뭔고 하니 텔레비전과 냉장고, 피아노? 이것이 소위 잘산다는 상징으로써 중류 이상으로 기어올라 가려는 계층에게는 신기와 맞먹는 위력을 갖는 모양이다. 여자 사기꾼은 다이아몬드 반지를 빌려서라도 끼어야 하고 남자 사기꾼은 세놓는 자가용을 얻어서라도 타야 하듯이 가구의 단가에 따라 상·중·하가 형성되는 판국에 신기 운운은 그럴싸한 얘기겠고 따라서 평생 가야 뚜껑을 열지 않을 피아노도 필요하게 되는 것이다.

뭐 그렇다고 은숙의 저택이 저속하여 헐뜯자는 것은 아니다. 삼종의 신기를 아득히 넘어선 지 오랜, 명실공히 상류층의 교양 있는 가정인 것만은 틀림이 없으니까.

참다못했던지 유 여사는 은숙의 팔을 건드리며,

"이 애, 소개해야지."

살그머니 귀띔을 했다.

"참 그래, 내 정신 좀 봐."

은숙은 일어섰다. 빤히 들여다보이는 수작이다.

　"미스터 유, 잘 사귀어두세요."

하고서 낯선 신사를 바라보며,

　"유병삼 씨예요. 유 여사의 동생 되시는, 파리에 갔다 오셨고, S대의 강사로 계시다가 지금은 그만두었고, 쟁쟁한 미술평론가랍니다."

하자, 유 여사는 소파에서 앞으로 몸을 기울이며,

　"부탁합니다, 홍 선생님."

하고 미소했다. 병삼이 엉거주춤 서 있으려니까 신사도 일어섰다.

　"M대학의 교무처장 홍재철 선생님, 시댁으로 아저씨세요. 전공은 경제학이죠."

　은숙은 홍재철 씨도 대수롭지 않게 생각하는 듯 소개를 했다.

　"잘 보아주십시오."

　병삼은 장난기가 동해서 꾸벅 절을 했다.

　"지면을 통해 알고 있습니다."

　홍재철 씨는 점잖을 빼며 인사했다.

　"이거 부끄럽습니다."

　병삼은 최대의 겸손을 발휘하며 절을 한 번 더 했다. 그 겸손한 태도가 썩 마음에 들었던지,

　"나는 문외한입니다만 가끔 유 선생이 쓴 글을 읽지요."

하고 덧붙였다.

"이거 정말 부끄럽습니다."

해놓고,

'읽긴 뭘 읽어? 심심하면 연재소설이나 읽겠지.'

병삼은 속으로 코웃음 쳤다.

은숙의 시댁에서 설립하고 또 현재 운영하고 있는 M대학이 황금의 알을 낳는 오리와 같은 존재인 것은 주지의 사실이다. 그러니 학교를 가장 효율적으로 운영하기 위해 집안사람이라면 졸업장이 있는 한 경제과 출신이면 경제과에, 법과 출신이면 법과에 이름을 걸어놓고 학교 행정을 담당케 하는 것은 당연한 일이다. 홍재철 씨의 실력은 그것으로써 대개 가늠할 수 있는 일이겠고, 이런 학자가 아닌 교육 상인의 일꾼일수록 존대한 냄새를 피우기 마련이다. 그 증거로 홍재철 씨는 다음과 같은 말을 했다.

"아까 누님한테 잠깐 얘길 들었습니다만…… 어떻게나 밀려오던지 감당을 못하겠어요. 모두 상당한 배경에서 압력을 가하니 이력서라도 받아놓지 않을 수 없고, 두통거립니다."

"그럴 테죠. 요즘 대학의 시간 얻는 건 하늘의 별 따기니까요."

진담인 것을 의심할 여지도 없이 병삼의 표정은 진지했다.

"유 선생의 경우는 그래도 경력이 있으니까, 그것도 S대학에 계셨으니 퍽 유리하죠. 지금이라도 시간강사라면 어떻게 해보겠지만…… 전임은 좀 어려울 겁니다. 사실이지, 학교는 일류가 못 되지만 오겠다는 사람은 더 많아요. 좋은 학교로 옮겨가는 발판이 되니까요."

홍재철 씨는 아무래도 거북한지 다시 그 굵은 목을 좌우로 돌려본다.

이때 마침 은경이 들어왔다. 베이지색 실크 드레스에 같은 천으로 된 이브닝 백을 들고 있었다.

은경은 홍재철 씨와 병삼에게 가벼운 목례를 하고 나서 유 여사에게는,

"안녕하셨어요?"

하고 인사했다. 은경의 표정은 어딘지 딱딱했으나 은숙보다는 훨씬 느낌이 좋았고 침착해 보였다. 오늘은 얼굴을 반쯤 가리고 있던 머리를 싹 걷어 올려 넓은 이마가 시원하게 드러나 있었다.

"오래간만이군. 자아, 앉아요."

유 여사는 다가앉으며 은경이 앉을 자리를 마련했으나 은경은 미소로써 사양하고 홍재철 씨 옆에 있는 의자에 가서 앉았다.

"시간이 다 돼갈 텐데……."

팔을 들어 시계를 보며 은경이 중얼거렸다.

"아무래도 좀 늦어지겠지."

유 여사의 말이었다.

"안 올려다가 형부도 안 계시고 해서."

"뭐 바쁜 일 있니?"

은숙이 뽀로퉁한 투로 말했다. 은경은 그 말 대꾸는 하지 않는다. 은숙은 다시,

"그래 미스터 안은 오는 거야?"

"온대나 봐요."

"음악가라는 그 외국 여자도 함께 온다 했지?"

은경은 신통치 않은 표정으로 고개를 끄덕였다.

병삼은 그때 스카이라운지에서 안가하고 함께 있던 못생긴, 방랑자 같은 외국 여자 생각이 났다.

"뭘 하는 여자야? 미스터 안 말이 노래를 한다던가?"

그 점이 아무래도 희미하였던지 은숙은 고개를 갸웃거리며 물었다.

"글쎄…… 잘 모르겠지만 엉터린 것 같아요. 미스터 안 그 사람 원래 후라이가 심해서."

은경의 말에 은숙은 불안해지는 것 같았다. 친구인 동시 둘째 딸의 피아노를 보아주는 혜옥의 소개로 보리스 사이디스라는 미국인 피아니스트를 초대하게 된 은숙은 우연히 안가를 만나 그 얘기를 했을 때,

"아, 그래요? 난 잘 모르겠는데……."

한국에 있거나 혹은 들르는 외국인이라면 그 명단을 모조리 두뇌 속에 집어넣어 두기라도 하듯 내가 모르는 사람이 있다니, 못마땅한 표정으로 안가는 말했다.

"알려진 사람은 물론 아니지. 하지만 혜옥의 말이 상당히 실력 있는 피아니스트라는 거야. 혜옥이 미국 갔을 때 안 사람이래."

은경의 친구라면 친구랄 수도 있는 안가에게 은숙은 반말을 썼다. 그러나 은경의 친구라기보다는 외국인 상사에 근무하고 있으며 또 그쪽의 소식통인 데다가 자질구레한 심부름에서 아쉬운 외래품, 자가용만 해도 그의 손을 거쳐 샀으니 은경보다 은숙이 편에 교섭이 잦은 안가였었다.

"그래요? 그럼 마침 잘되었어요. 지금 한국에 와 있는 노래하는 여자가 있어요. 불란서에 오래 있었고 영국에도 가 있었고, 재주도 많은 여잔데 그 여자도 초대하십시오. 견문이 넓어서 꽤 얘기가 될 겁니다."

안가는 성악가라고 딱 잘라 말하지 않고 막연히 노래하는 여자라고만 했다.

"엉터리면 어때? 상관없어. 외국 여잔데 뭐."

"언니? 오늘 밤 파티의 목적 인물이 앓아누웠으니 어떡허죠?"

"아니, 송희가 아퍼?"

유 여사가 물었다.

"입원했어."

은숙이 대답했다.

"아니, 왜?"

"과로죠. 아침부터 저녁까지 스케줄이 꽉 차가지고, 놀고 싶은 나이에 정말 무리예요."

은경은 천천히 말했으나 몹시 비판적이었다.

"그렇다고 펑펑 놀릴 수는 없잖어."

은숙은 은경의 입에서 다음 말이 나올 것을 막으려는 듯 유여사에게 얼굴을 돌렸다. 그리고 아까 하던 말을 계속하는 것이었다. 전직이 상당한 고관에 속했던 혜옥의 남편 차영호 씨의 국회 출마, B당의 공천 문제에 관한 이야기였다.

"요즘은 한가하시겠네요."

은경은 병삼에게 말하면서 백을 열고 담배를 꺼내었다. 홍재철 씨의 눈이 휘둥그레졌다.

은경이 담배를 입에 무는 것을 보자 병삼은 얼른 라이터를 켜 불을 당겨주었다. 홍재철 씨의 눈은 더욱더 커다래졌고, 얼굴에는 불쾌한 빛이 모여들었다.

삼십이 넘은 사돈댁 노처녀를 학교의 여학생쯤으로 착각했는지, 고약한 버르장머리에 무슨 말을 한마디 꼭 해야겠다고 별렀는지.

"미국에서는 대개의 여자들이 담배를 피운다죠?"

좋지 않은 어감으로 홍재철 씨는 물었다.

"피우는 사람도 있고, 안 피우는 사람도 있겠죠."

무덤덤하게 대답하는데,

"담배는 미국서 배웠어요?"

깐죽거리듯 또 물었다.

"아니에요. 그전부터예요."

그전부터라는 것은 거짓말이었다. 은경은 세상에 원 이런 불손이 있나 하고 분개하고 있을 근엄한 신사를 놀려줄 기분이었던 것이다.

"호오? 대단하신데요."

그는 은경의 아래위를 쑥 훑어보다가, 재떨이에 담배를 거칠게 떨었다.

그 광경을 병삼은 재미나는 듯 바라본다. 이때 병삼은 단연 은경의 편이었다.

"모두들 외국에만 갔다 오면 그쪽 방식으로 생활들 하는 모양인데…… 역시 제 나라 것을 고집하는 기풍이 있어야……."

병삼이까지 싸잡아서 말했다.

국수주의자는 아닐 것이고, 어쩌다 보니 외국 한 번 못 가본 열등감이 작용되었던 것 같다. 가려면 굳이 못 갈 것도 없는데 해방 후 혼란기에 우물쭈물 졸업장만은 받아놓은 그의 처지라, 학교에 발붙이고 있는 오늘을 예상하지도 않았었고 사업계에 그냥 눌러앉았더라면 시찰이라는 명목으로 남 먼저 나섰을 것을, 어쩐지 교수 자격으로는 쉽게 엉덩이를 들 수 없는 그의 심정이었던 것이다.

"옷이 근사합니다. 그것도 미국의 제품인가요?"

상대가 무반응이면 사람이란 반응이 나타나기까지 지껄이

게 되는 모양이다. 인척간이지만 기실 상전과 같은 은숙의 존재를 홍재철 씨는 잠시 망각했던 것 같다. 외제가 아니면 쓰지 않는 은숙이를.

은경은 빙그레 웃기만 했다. 그리고 그때 병삼의 눈과 은경의 눈이 마주쳤다.

언젠가 병삼이 은경을 두고 어쩌구저쩌구하며 형편없이 깎아내렸으나, 은경은 병삼이 말한 것 같은 그런 느낌의 여자는 아니었다. 누구의 흉내를 낸다거나 포즈를 취하는 풋내기 멋쟁이로 보이지는 않았다. 담배를 피우는 품이나 몸가짐이 자연스러웠고 침착하여 말이 많은 편인 병삼에게는 왠지 조롱을 당하고 있다는 의식을 갖게 하였다. 그것이 은경을 미워하게 한 이유였는지 모른다.

"홍 선생님?"

홍재철 씨는 은경을 힐끗 쳐다보았다.

"원서를 읽으세요?"

은경은 엉뚱한 말을 물었다.

"……?"

"아니면 일본 번역판을 읽으세요? 한국 거는요."

"그, 그야 물론 원서를 읽죠. 때론 일본 것도, 당연한 얘기 아닙니까?"

은경의 의도를 몰라 당황한다. 원서를 읽기는 어딜 읽어. 그럼 벌써 외국에 다녀왔게? 도대체 책은 안 읽는 사람인데.

"책값이 곱으로 들겠어요. 저 이 옷은 한국 제품이에요. 실크는 수출품이거든요."

담배를 눌러 끄며 은경이 말했다. 홍재철 씨는 납작해져서 더 이상 말하지 않았다.

이윽고 윤이와 박영수, 그리고 럭비공같이 옆으로 되바라진 안가는 기타 케이스를 거추장스럽게 든 외국 여자를 동반하고 거의 같은 시각에 어슷비슷하게 들어섰다.

안가는 얼룩덜룩한 무늬의 원피스에 큼지막한 금빛 귀걸이를 낀 외국 여자를 은숙에게 소개했다. 여자는 안젤리나 뭐라는 이름인데,

"아녀하시니까, 대단히 기쁘니다."

하며 혀가 말리는 듯한 한국말로 애교를 떨었다.

일견하여 은숙의 눈에는 고상하지 못한 계층의 차림새였는데 기타 케이스가 또 비위에 거슬려 은숙은 얼굴에 난색을 띠었다. 안가는 그러거나 말거나 아랑곳없이 마치 이 화려한 저택의 임자가 자기인 것처럼 안젤리나라는 여자에게 뽐내면서, 한편으론 병삼을 조심스럽게 회피하는 것이었다.

한편 윤이는 외국 손님을 고려했음인지 흰 공단에 색동 반회장을 낀 저고리에 수놓은 주홍빛 양단 치마를 입고 왔다. 흔하게 굴러다니는 풍속 인형을 연상하게 했지만 워낙 본바탕이 흰해서 야하기보다 호사스러워 보였고 미모는 한층 도드라졌다.

윤이는 끈끈한 목소리로 유 여사에게 그리고 은숙에게 인사

했다. 은숙은 매우 높은 곳에서 내려다보는 태도로 인사를 받았으나,

"이 애, 유리 상자에 넣으면 인형 같겠구나."

한마디 친절을 베푸는 것을 잊지 않았다.

이들 중 박영수는 여자들을 제쳐놓고 병삼의 곁에 와서 악수를 청했다.

"요즘엔 어떻게 지내시오?"

며칠 전 스카이라운지에서 만났는데 여러 해 만에 만난 것처럼 물었다. 물으면서 안젤리나 양과 안가하고 얘기를 하고 있는 은경을 초조한 듯 바라보는 것이었다.

"룸펜이죠. 어떻게, 영화 사업은 구상 중이신가요?"

병삼의 말에 박영수는 멋쩍게 웃으며,

"자금 조달이 선결 문제죠."

양두연과 한 말을 까마득히 잊고 있지는 않았다.

"두연이 그 좋은 친굽니다. 청렴결백하죠. 그 친구하고 합동하면 사업이 망할 리 없죠. 보장합니다."

착수는커녕 아예 계획도 하지 않은 일, 건성으로 이야기하면서 병삼이 역시 군계 속의 일학과 같은 윤이의 아름다운 모습을 곁눈질해 보는 것이었다.

"아 글쎄, 집 찾노라고 혼이 났지 뭐예요? 신애 언니가 자세히 설명을 해주셨는데도, 전 이쪽 지리엔 어둡거든요."

윤이의 목소리였다.

"그랬을 거야. 변두리 식구가 여까지 행차하실려니, 하여간 영광이지 뭐니?"

은숙의 목소리였다. 모멸의 말을 들으면서도 바보 같은 윤이는 깔깔 소리 내어 웃었다.

홍재철 씨는 홀로 뒷전에서 본시의 그 근엄한 자세로 앉아 있었다. 그는 심부름꾼이 마실 것을 돌리는데 받을 생각도 잊고 있다가,

"아⋯⋯."

하며 당황해서 컵을 받았다.

홍재철 씨는 미리 초대된 처지는 아니었다. 볼일이 있어 오늘 만나기로 약속하여 왔다가 용무를 끝내고, 일어서려는데 은숙 여사가 잡아서 남게 된 것이지만 망각된 존재처럼 내버려두는 은숙의 처사가 홍재철에게는 여간 섭섭하지 않았다.

이즈음 드디어 주빈이 나타났다.

은숙은 만면에 웃음을 띠고 문 앞까지 걸어가서, 중키에 노랑머리가 유난히 곱슬거리는 음악가와 악수를 나누며 더듬더듬한 영어로 환영의 말을 했다.

사이디스 씨를 데리고 온 혜옥은 몸집이 아주 작았다. 소년처럼 짧게 깎은 머리를 돌려가며 먼저 온 손님들을 점검하듯 보다가 윤이를 발견하고 금세 낯빛이 달라졌다. 혜옥은 얼른 눈길을 들어 남편의 시선을 노려본다. 차영호 씨는 박영수를 향해 눈짓을 하고 있었다. 그들은 외사촌 간이었던 것이다. 얽

히고설킨 관계의 이들 초대객들은 남녀 여섯 쌍, 도합 열두 명이 모두 등장한 셈이다.

각본이 있었던 것은 아니지만 연출자인 은숙의 의사를 무시하고 제일 먼저 사이디스 씨에게 접근한 사람은 안가였다. 그는 유창한 영어로 자기소개를 했는데 외국상사에 적을 두고 있다는 것은 생략하고 언제 집어치운 건데, 영문학을 전공한다고 말했다. 그러고 나서 포크송을 부르며 세계를 유랑했다는 말을 붙여 안젤리나 양을 소개했다. 사이디스 씨는 떨떠름한 기색이었고 안젤리나 양은 다소 위축되는 표정이었다. 안가가 나빴던 것이다. 안젤리나는 내막도 모르고 자기에게 흥미가 있어 초대한 것으로 오해하여 기타까지 치켜들고 왔던 것이다.

내막 얘기가 났으니 말이지만 이 모임의 주목적은 물론 은숙의 둘째 딸을 사이디스 씨가 미국으로 데려가는 것에 있었지만 위성 역할을 하는 사람들 역시 그들 나름대로 연관과 속셈이 있었던 것이다. 차영호 씨 부처에게 있어 유 여사는 소홀히 할 수 없는 인물이었다.

다음 국회 출마를 위해 B당의 공천을 받아야 하는 처지이니 B당에 든든한 줄을 갖고 있는 유 여사의 위치는 중요했다. 사업상 차영호 씨와 깊은 관계가 있는 은숙 역시 보조하는 뜻에서 개밥의 도토리 격인 홍재철 씨를 잡아냈다가 병삼의 취직 건으로 유 여사에게 생색을 내었고 유 여사는 병삼의 취직 건 말고도 일간 일본에 여성단체 무엇이라는 명목으로 여행하게 되는 데 차영호 씨 부처의 조력이 다소 필요했던 것이다.

한편 박영수를 말할 것 같으면 혜옥에게 사촌 시동생이 되는데 혜옥은 박영수의 간청이 있었고 은경에 대해 저게 왜 시집 안 가고 남의 속을 썩이느냐는 심리가 없었던 것도 아니어서 박영수와 은경의 결혼에는 열성적이었으니 박영수가 이 자리에 나타난 것은 당연한 일이었을 것이다. 물론 이 문제에 있어서 차영호 씨도 적극적이었다.

E여대 영문과를 다니다가 미국으로 건너간 은경은 디자이너로서 돌아왔다. 집에다 조그마한 살롱을 열어 마음에 드는 사람, 극히 소수의 손님을 받으며 자유롭고 한가한 생활을 하고 있었는데 박영수가 노리는 것은 돈을 벌 수 있는 직업 탓이 아니었다. 은경의 적잖은 재산이다. 아들 없는 집안에 태어난 덕분으로 은숙과 은경의 두 자매는 상당한 재산을 부모로부터 분배받았던 것이다. 은숙이 시댁 식구인 홍재철 씨를 후대하지 않는 이유도 바로 그 지참금을 사업에 돌렸고, 그것으로 하여 번창한 데 있었다.

이런 조건이니 박영수가 은경에게 침을 흘리는 것은 당연하고 스카이라운지에서 요정의 마담과 만난 것을 두 번씩이나 병삼에게 변명한 것도 그 때문이었던 것이다.

아무튼 각기 다른 속셈에서 모여든 사람 중에 순수하게 전시 효과를 나타낸 것은 윤이었었다.

윤이는 그렇다 치고 전혀 엉뚱하게 뛰어든 불청객 비슷한 처지는 안가와 안젤리나인데 설치기로는 안가가 제일 설치고 있었다. 은숙 여사가 주빈 사이디스 씨 주변을 맴돌면서 분위기 조성에 애쓰고 있을 때 주한 외국인 친구가 많은 피아니스트 김혜옥은 안가하고도 친면이 두터웠던 모양으로 그를 상대하여 불평을 하고 있었다.

"눈에 거슬리는 여자가 둘 있어. 미스터 안도 주책이야. 뭐 저런 걸 데리고 와? 나이트클럽에서 노래하는 여자 아냐?"

"아, 아닙니다. 포크송이죠."

"그게 우리하고 무슨 상관이야?"

"연극도 하구요. 대학생이랍디다."

"거짓말 말어. 보면 알아요. 보리스한테 미안하지 않어? 사람은 좋지만 꽤 까다로운 성격이야."

"너무 귀족적으로 놀지 마세요. 괜히 이곳 엽전들이나 까다롭게 굴지, 그 애네들이야 그런 것 신경 쓰지 않아요."

하며 보리스 사이디스 씨를 힐끗 쳐다보았다. 그러나 사이디스 씨는 상당히 신경질적으로 보였고 비사교적인 인상이었다. 그는 병삼과 이야기가 좀 통하는지 미소하며 듣기도 하고 이야기를 하기도 했는데 눈은 윤이에게 자주 쏠린다. 한국의 미인은 미국 사람 눈에도 미인일 것이니 은숙이 노린 바와 같이 심심치 않게 눈요기는 되는 모양이었다.

사이디스 씨는 저기 있는 아름다운 여자는 미스냐 미시즈냐

하고 물었다.

"미시즈죠. 남편이 미국에 가 있다더군요. 물리학자랍니다."

병삼의 대답에 사이디스 씨는 그러냐고 하며 장난스럽게 싱긋 웃고 어깨를 쳐들었다.

"아름다운 저 여자하고 얘기하고 싶지 않소?"

"매우 흥미가 있소."

병삼은 능청스럽게 슬그머니 윤이를 끌고 와서 사이디스 씨 곁에 두었다.

은숙은 그새 혜옥과 무슨 얘긴지 하고 있었다.

"아이참, 말을 못 하니까 뭐라 해야 할지……."

윤이는 병삼을 쳐다보면서 웃었다.

"말씀하십시오. 통역해드리죠."

"저, 저…… 아무래도 베토벤이 제일이겠죠?"

'으흠…… 아마 나보고는 피카소가 제일이라 하겠지.'

"부인께서는 음악에 대한 전문적인 지식이 전혀 없다 하는군요."

병삼은 마음대로 주워섬겼다.

"내 친구에 글 쓰는 사람이 하나 있는데, 소녀들이 찾아와 문학 얘기 하자는 바람에 마구 웃었답니다."

사이디스 씨의 말을 병삼은 다시 마음대로 주워섬겼다.

"이 양반 역시 그 추남 음악가가 제일이라 하는구먼요. 부인의 안식이 대단하답니다."

"고맙습니다."

윤이는 다소곳이 고개를 숙이며 사의를 표했다.

"이 여자의 남편이 미국에 계신다는데 어느 지방에 계신지요."

궁금한 듯 사이디스 씨가 물었다. 이번만은 병삼이 정확하게 그 말을 전했을 때 윤이는 웬일인지 얼굴이 빨개졌다.

"저, 저, 지금은 거기 안 계실 거예요. 저, 저, 거기……."
하다 만다.

'흐음…… 수상한데? 유령 남편이 아닐까?'

"지금은 구라파에 있다는군요."

병삼은 얼버무렸다. 그리고 속으로 웃음을 참느라고 애를 썼다.

영어에는 전혀 먹통인 데다 눈치마저 없는 윤이는, 그래서 수치를 감당해내는 데도 어지간히 질긴 심장이었던 모양이다. 일제 말기 귀축영미鬼畜英美라는 무시무시한 구호 아래 윤이가 다니던 여학교에서도 영어 과목을 전폐한 죄로 모처럼의 자리에서 윤이는 곤경에 빠지지 않을 수 없게 되었지만, 그러나 그보다 애당초 물리학자 남편 운운한 것이 아무래도 잘못이었던 것 같다. 잘하면 미국인의 부인이 되어 영화에서 보던 것과 같은 호강을 못 하라는 법도 없으니까.

병삼은 사이디스 씨에 대한 대접상 그렇기도 했지만 윤이에 대한 한 가닥의 연민도 있어 화제를 돌렸다. 결코 입에 발린 말은 아니었고 자본주의가 형성되고 발전할 무렵, 미국의 기업주들이 지적 생활을 위해 상당히 노력한 점을 높이 산다는 말을 했다. 가령 윌리엄 클라크 같은 사람이 렘브란트의 그림을 수집하였다든가, 해리먼은 미국의 예술 이외의 것은 결코 자기 저택 안에 장식하지 않을 것을 주장한 일이라든가, 아무리 돈이 쌓이고 쌓인 축이라도 지적 우월을 지니지 못하였을 때 상대로 하지 않았던 보스턴의 시민, 세계에서 가장 부유한 사람이 많으면서도 그것은 야만의 부력이며 미술이나 문학이 그들 속에서 곤란한 존재로 되어온 사실을 슬퍼한 사람이 있었다는 이러한 모든 기풍은 서구 전통에 대한 필사적인 발돋움이 아니었겠느냐. 공리주의자와 낭만주의의 끊임없는 갈등, 자극 속에 미국 문화가 이룩되었을 것이며 여기에는 예술의 생명력을 희미하게나마 감지할 수 있었던 일부 기업주와 돈만 가지고는 신사가 될 수 없다는 열등감에 쫓긴 사람들의 적극적인 참여의 공로가 실로 방대했을 것이라는 말을 병삼은 했다. 복잡한 현재의 이야기는 금기고 복고조復古調로,

"황금의 성 안에서 우매하다는 것 이상의 슬픈 일은 없을 것이오."

병삼은 말을 끝맺고 담배를 붙여 문다.

"예술가 역시 무명하다는 것 이상 슬픈 일은 없을 것 같소."

각도를 돌려서 농치듯 말한 사이디스 씨는 빙그레 웃었다. 병삼은 뒷맛이 영 좋지 않다. 이야기할 때는 자기대로 절실

한 것이 있었던 것 같았는데, 그러나 그녀들에게는 반추하기에 지겨운 낡은 얘기였는지 모르겠고, 그녀들 예술가의 눈에 그 풍경은 이미 사라졌는지도 모를 일이다. 아무튼 병삼은 싱거운 말을 했다고 생각했다.

'제기랄! 심각해지면 노상 이 꼴이란 말이야.'

"참, 아까 미시즈 차가 아티스트라고 말했을 때 당신은 왜 부정을 했소?"

생각이 난 듯 사이디스 씨는 물었다.

"옛날 철없던 시절에 달고 다니던 명칭을 사퇴한 게죠. 난 탈락자요."

"그거, 나하고 퍽 닮은 점이구면."

갑자기 신이라도 난 듯 사이디스 씨는 술잔을 부딪쳐 왔다.

이 파티 장소에서만은 진짜 탈락자의 신세가 된 홍재철 씨는 죄 없는 술만 청해 마시다 보니 퍽 취했던 모양이다.

"양놈의 새끼들! 지가 뭔데? 도시 뭐야?"

입속으로 알아듣지도 못하게 옹알옹알 중얼거리고 있었다.

"양놈의 새끼들, 동방예의지국에서……."

여전히 옹알옹알이다.

그런가 하면 기가 꺾인 듯, 기타를 뜯으며 한 곡조 뽑아보지도 못한 가엾은 안젤리나 양을 딱하게 생각한 은경이 애써 그를 상대해주고 있는데 슬며시 박영수가 다가왔다.

"요즘엔 어떻게 지내세요?"

확 잡아당기듯 한 시선을 보내며 박영수는 물었다.

"그저 그렇죠, 뭐."

은경의 대답은 심드렁했다.

"만나 뵈기가 힘들더구먼요."

"서울도 넓어지지 않았어요?"

"하긴 그렇군요. 우연만 바라다간 평생 못 만나볼지도 모르고."

하는데 혜옥이 보조 역할을 할 심산이었던지 끼어들어 왔다.

"쓸쓸한 사람끼리 무슨 재미나는 얘기라도 하는 거요?"

박영수는 싱긋이 웃었다. 은경은 급히 담배를 꺼내어 문다. 박영수는 불을 켜 대주면서,

"도무지 나는 은경 씰 잘 모르겠어요. 아주 소탈하고 개방적인가 하면 보수적이구, 화려한가 하면 오늘같이 아주 수수하게 차리고 있고."

라이터의 뚜껑을 탈칵 닫으며 박영수는 다시,

"애인이 있을 것 같은데 한편 없는 것 같고 궁금할 때가 더러 있죠."

"왜 그리 궁금하실까?"

"글쎄요…… 독신 남성이 독신 여성을 궁금하게 생각하는 것, 그거 있을 수 있는 일 아닐까요?"

"정 궁금하시면 형수씨에게 물어보세요. 제가 모르는 일도 잘 알고 계시나 봐요."

순간 혜옥의 얼굴은 새빨개졌다. 혜옥으로서는 이런 식으로 당할 줄은 미처 몰랐던 것이다.

지난 늦겨울의 일이었다. 가봉을 하러 온 친구가,

"은경아, 며칠 전에 말이야, 너네 집 담을 넘어가는 남자를 혜옥 언니가 봤다더라. 웬일이니?"

"뭐?"

은경은 어리둥절했으나 다음 순간 겁이 덜컥 났다.

그는 대뜸 도둑을 생각했던 것이다.

"이상하다? 도둑이라면 개가 짖었을 텐데? 도둑맞은 건 아무것도 없구."

"야, 너 시치미를 딱 잡아떼는구나. 고백해라. 그 로미오가 누군지."

"아니, 이거 무슨 소리야?"

은경은 비로소 진의를 알고 정신이 번쩍 들었다.

"아아니, 이 애 뭐가 답답해서 담을 넘어오니? 정정당당하게 대문 열구 들어오지. 뭐 내가 유부녀야?"

"사랑싸움이라도 했으면 문을 안 열어줄 수도 있잖니?"

"아니, 가만히 있어…… 아아, 바로 그거로구나. 민자가 한번 담을 넘어온 일이 있었어. 할멈도 나도 잠이 꼬박 들었던 모양이야. 마침 전기가 나가서 버저는 안 되구 집 식구니 개가 어디 짖어? 킹킹거리기만 하지. 민자는 부르다 부르다 지쳐서 담을 넘어왔다는 거야."

은경은 설명을 하면서 왜 이따위 설명을 자신이 하지 않으면 안 되는가 화가 치밀었다. 민자는 은경이 차린 살롱의 일을 도와주는 아이였고, 어머니와 아버지가 돌아간 뒤 집의 식구라고는 식모와 민자 그리고 개 한 마리를 합하여 모두 넷이었다.

친구는 여전히 장난스레 눈알을 굴리며 웃고 있었다. 그는 은경이 변명을 하고 있다고 생각한 모양이다. 은경으로서는 터무니없는 일이지만 담을 넘은 것만은 사실이었고, 요는 그게 남자냐 여자냐, 도둑이냐, 정인情人이냐의 차인데 혜옥이 굳이 남자로, 그리고 은경의 정인으로 보았다는 심리가 문제인 것이다. 그는 누구보다도 남편 차영호 씨에게 그 말을 할 필요가 있었을 것이다.

"아무리 밤이기로, 그래 여자 남자 구별도 못해? 민자 이외 남자가 담을 넘었다면, 담 넘는 놈이 도둑이 아니고 뭐야? 이웃에 사는 친구의 동생인데 도둑이 담 넘어가는 것을 그냥 보아 넘기는 것은 또 무슨 인심이야?"

은경은 흥분해서 내깔겼다. 결벽을 주장할 만큼 유치한 은경은 아니었다. 그것은 문제 밖이고 악의에 찬 혜옥의 조작을 받을 만한 하등의 이유가 자기에게 없다는 데서 더욱 화가 났던 것이다.

친구가 돌아간 뒤 은경의 가슴은 부글부글 끓었고 빌어먹을 올드미스의 신셀 빨리 면해야겠다는 생각을 하기도 했으나 결국 혜옥을 가엾은 여자라 생각하고 잊어버리기로 했다.

자기도 모르는 일을 혜옥이 더 잘 안다는 것은 바로 그 일을 두고 한 말이었다. 혜옥은 어지간히 당황했던 모양으로 말대답을 못 하고 있는데,

"양놈의 새끼들! 지가 뭔데? 도시 뭐야! 동방예의지국에 와서, 아래윗사람도 몰라보고. 저 눈깔이 새파란 저, 저게 사람이야? 지, 지, 짐승."

홍재철 씨의 높은 목소리가 들려왔다. 사람들의 시선이 일제히 그곳으로 쏠렸다.

"아니, 아저씨 왜 이러세요?"

급히 달려간 은숙은 부드러운 목소리로 물었으나 눈은 잡아먹을 듯 부릅뜨고 있었다. 그 눈과 마주친 홍재철 씨는 술기운이 확 달아나는 모양이었다.

"어, 어, 저……."

"몹시 취하셨군요."

"과, 과음했나아 봐요."

"많이 잡수시는 것 아녜요. 댁에 돌아가셔야겠어요."

은숙은 운전수를 불러,

"데리고 나가. 자가용으로 모실 것까지 없구, 행길에 나가서 택시나 잡아주고 와요."

하고 내뱉듯 말했다. 본인도 뜻하지 않게 국수주의자로 되어버린 홍재철 씨는 객실에서 내쫓기고 말았다.

"엽전은 저러니 사고지. 대학교수까지 한다는 양반이 매너

에는 젬병이란 말이야. 양주를 막걸리 마시듯 한 모양이지?"

안가가 내깔겼다. 모두 한마디씩 비난의 말을 했고 은숙은 사이디스 씨에게 사과를 하노라고 땀을 뺐다. 그 순간 은숙은 사이디스 씨가 한국말을 모른다는 것을 까마득히 잊고 있었다.

"아무리 인척간이라도 실력 없는 사람 데려다 놓는 것 아니라니까. 엉터리투성이 세상이라두 대학까지 썩어서는 안 되지. 지성이 마비되면 희망이 없어."

혜옥이 그럴싸하게 말했다. 그 자신 학교와 관계를 맺고 있는 만큼 습관적으로라도 그만한 말이야 익히고 있었을 것이다.

"학교 나름이지요. 그게 뭐 진리의 전당이오? 장사꾼들의 돈 나오는 곳 아닙니까?"

안가는 슬쩍 흥을 보았다. 다만 유 여사는 홍재철 씨를 싸주듯,

"술버릇이 나쁜 사람이 있지, 뭐."

했다. 이리하여 객실의 일 막은 끝나고 식당에서의 제이 막은 생략하는 게 좋겠다.

4. 아마릴리스

"그래, 집에는 안 오는 거냐?"

음악 소리 잡음에 섞여 유 여사의 목소리는 쨍쨍 울려왔다.

"지금은 좀 바빠서요."

병삼은 재떨이를 끌어당겨 담뱃재를 떨며 대답했다.

"내일 내가 떠난다는 것 모르고 하는 소리냐?"

감정이 나서 깐깐하게 울려왔다. 병삼은 창밖으로 눈을 보
내며,

"벌써 그렇게 됐어요?"

하고 물었다. 창밖에는 연한 녹음이 깃들어 흔들리고 있었다.

"벌써라니? 내가 몇 번 말했어? 8일에는 떠난다구."

"하긴, 떠나봐야 갔나 부다 생각하는 거죠, 뭐."

"그따위로 생각하니까 서글퍼진다는 거야. 하숙집 아주머니

도 정이 들면 안 그럴 텐데, 자식 없는 나 같은 건 죽어야 해."

울먹인다.

"떠날 때는 말없이, 그까짓 일본에 갔다 오는 걸 뭐 그리 야단입니까. 오실 때는 깃발 들고 비행장에 나갈 테니 걱정 마세요."

얼렁뚱땅해버린다. 역시 효과가 있었던지,

"미친 소리 하지 마. 내가 뭐 운동선수냐?"

"대한민국을 나가는 한 사람, 한 사람 국위를 선양하는 뜻에선 모두 선수 아닙니까."

"시시한 소리 그만두고, 그럼 넌 나한테 부탁할 것도 없단 말이지?"

"색시가 있어야 부탁을 하죠. 다이아몬드라든가 모피라든가, 하지만 홀애비가 뭘 부탁합니까?"

"너 그 말 마침 잘했다. 내가 떠나기 전에 널 만나려고 애쓴 것도 바로 그 얘기 때문이야. 그래 누가 장갈 못 가랬니? 흠, 아까운 사람 놓쳤지 놓쳐, 색시가 있어야 뭐 어떻고 어때? 속이 부글부글 끓는다."

만나서 따지기는 틀렸고 전화로나마 본론으로 들어가야겠다고 단단히 마음을 먹은 눈치였다.

"아까운 사람을 놓치다뇨? 그게 무슨 말씀입니까."

능청을 부린다.

"귓구멍이 막히고 눈구멍까지 막혔으니 들도 보도 못했을 거야."

심하게 뇌까렸다.

"허 참, 영문을 모르겠군요."

"박영수 씨하고 은경이 결혼하게 된다는 소문도 못 들었단 얘기지?"

"금시초문이구먼요."

"은경이 은숙을 보고 그러더라는 거야."

"뭘 그래요?"

"유병삼 씨는 아마 자기를 좋아하지 않나 부다고, 어차피 남들이 다 하는 결혼, 한 번은 해야잖겠느냐고 하면서 결혼을 허락했다는 거야. 담담하게, 남의 일처럼."

"박영수한텐 좀 아까운 여잔데……."

"유병삼이한텐 아까운 여자 아니란 말이냐?"

"난 지참금에는 별로 취미가 없거든요."

"흥! 그렇겠수. 빚더미 위에 앉아서 겉가죽만 번드르르하게 발라 입은 늙은 여자가 네게는 제격이겠다."

병삼은 수화기를 든 채 빙긋이 웃는다.

"왜 말이 없지?"

"할 말이 없는데요."

"난 세상이 무너져도 그것만은 용납 안 하겠다!"

유 여사는 고함치듯 말했다.

"뭘 어떻게 용납 못 한다는 겁니까."

"윤인가 그거하고 같이 다니는 것을 여러 번 봤다는 얘길 들었어."

화가 머리끝까지 치민 모양으로 윤인가 그거라고, 숫제 사람 취급이 아니다.

"시골 아낙네도 아니구, 무슨 말씀을 그렇게 하세요. 같이 다니는 게 뭐 어떻다는 겁니까?"

"너 그 여자 정체나 알구 같이 다니니?"

"사람이 정체로 다니지 가체로 다닙니까?"

"하여간 이번만은 내 얘기 똑똑히 귀담아들어 두어. 너 말대로 시골 아낙네가 아니기 때문에 처음 그것하고 너가 다니더란 말을 들었을 때 대단찮게 생각했다. 심심하니까 좀 데리고 다니는 거겠지, 결혼할 처지 아닌 것은 뻔하고, 그러니 감정의 유희 좀 했기로서니, 하고 이해했단 말이야. 하지만 그때는 정체를 몰랐으니까, 남들이 아무래도 어딘지 수상쩍다 했었지만 난 그렇게 엉터린 줄은 몰랐단 말이야. 너무 모두들 무시하고 구박을 하니까 가엾은 생각이 들어 감싸주기도 했지. 그런데 남편이 물리학자라는 것도 거짓말이며, 미국 가 있다는 것도 거짓말, 게다가 남편이 있다는 그것조차 새빨간 거짓말이었단 말이야."

"거짓말이면 어때요? 그것도 살아가는 방편이라면 할 수 없죠. 거짓말 안 하고 사는 사람 있습디까? 차라리 그 정도면 귀여운 거죠. 기껏 허영의 만족밖에 더 되겠어요? 탐욕이 빚은 사기 수법보담은 나아요. 고상하고 점잖게, 권위를 만인에게 인정하게끔 하면서 실속을 차리는 치들의 더러운 내막보담이야 낫소. 그네들의 거짓은 왜 허용이 됩니까? 아니 허용보다 존경의 대상자까지 되느냐 말입니다. 감추기만 잘하면 대공비전하大公妃殿下도 될 수 있는데, 까짓 이런 세상엔 약과죠."

유 여사는 병삼의 신경질을 예감하였던지 분명히 자신을 두고 빈정거리는데 안 들은 체하고,

"물론 윤이 지가 무슨 둔갑을 부리든 내 알 반 아니야. 하지만 일단 너하고 관련을 가졌다면, 난 가만있을 수 없다. 그러나 문제는 허영이 빚은 그 거짓말 때문만은 아냐. 그건 바보니까 빤히 드러날 거짓말을 한 거구."

"맞습니다. 바로 그렇죠. 그 여자는 자기 거짓에 응당한 보복을 받은 거죠. 그러니까 구제받을 수 있다는 겁니다. 그러나 거짓의 대가가 재물과 존경일 때 그 사람은 어떤 방법으로 구제를 받아야 할지 의문이군요."

이번에도 유 여사는 인내심 깊게 병삼의 공격을 피했다.

"글쎄 거짓말이야 여하튼 그 여자의 행적이 문제란 말이야. 첫 번째 남편하고 왜 헤어졌는지 아나? 낭비벽 땜에 남자를 알거지로 만들었다는 거야. 그리고 그게 달아났는데, 두 번째는 남자가 버렸다는 거지. 그걸 데리고 오래 살다간 큰일 나겠다고 깨달은 거지. 그러고는 지방에서 전전하다가 서울로 올라온 모양인데, 그것도 빚쟁이 등쌀에 못 견뎌 야간도주하다

시피 서울로 왔다는 거야."

　이미 알고 있는 얘기, 병삼은 유 여사의 말을 귓가에 흘려들으면서 약 달포 전 은숙의 집 파티에서 돌아오는 길에 자가용이 없는 윤이를,

　"제가 모셔다드리죠."

하며 기사 정신을 발휘하여 택시에 함께 탔을 때 일을 생각했다.

　밤하늘에 우뚝우뚝 솟은 저택가를 돌아서 택시가 높은 석축 옆을 지날 때 비단옷이 바스락바스락 소리 나게 옴지락거리고 있던 윤이는 첫마디 한다는 말이,

　"고백해야겠어요."

　그거였다. 병삼은 쑥스러워 콧속이 간지러웠다.

　"나 사실은 이혼한 거예요."

　운전수가 백미러 속에서 병삼을 힐끔 쳐다보았다.

　병삼은 콧속이 간질간질해서 아무 말도 할 수가 없었다. 병삼이 말이 없자 윤이도 조금은 무안했던지 더 이상 뭐라 하지 않았다.

　한참을 달리던 택시가 어느 다방 옆을 스쳤을 때다.

　"스톱!"

하고 별안간 병삼은 소리 질렀다. 윤이 몹시 낭패한 듯 병삼을 쳐다보았다. 자기 혼자 차 속에 내버려두고 훌쩍 뛰어내리는 순간을 생각했던 모양이다. 더군다나 애정 같은 것이 싹튼 상

태도 아니었다. 다만 인격보다 자기 미모가 모욕을 당한다는 의식이 윤이를 그렇게 당황하게 했을 것이다.

"아직 시간이 있으니까 차나 마시지 않겠어요."

"네, 그럭허세요."

윤이는 가슴이라도 쓸어내리는 듯 얼른 응낙했다.

시간이 저물어서도 그렇겠지만 번화가 아닌 곳이어서 다방은 조용했다. 초라한 중개업자 같은 사내들이 맥 빠진 얼굴들을 하고 앉아 있었다.

"왜 그런 거짓말을 하셨어요?"

앉자마자 병삼이 대뜸 물었다.

"언니들이 상대 안 해줄 것 같아서요."

철없이 솔직하다. 사십이 다 된 여자가.

"그리구 또…… 경계를 하거든요."

약간 외로운 표정을 지었다.

"윤이 씨같이 아름다운 분을 왜 이혼했을까?"

별 저항을 느끼지 않고 손위 여자이며 친밀할 만한 기회도 없었던 처지인데 윤이 씨라고 병삼은 불렀다.

"아, 아니에요. 이혼당한 것 아니에요. 제가 싫어서 나온 거예요."

엄청난 오해를 하고 계시군요. 천만의 말씀입니다, 하듯 윤이는 손까지 저으며 급히 부정했다.

"왜 그러셨어요? 병신이던가요?"

확실히 조롱을 섞어 한 말이었으나 윤이에게는 모욕으로 전달이 되지 않았던 것이다.

"그건 묻지 마세요."

'과거는 묻지 마세요.'

유행가 가락을 마음속으로 뽑으며 병삼은 싱긋이 웃었다. 신파조를 바라보는 것도 우스웠지만 한편 윤이의 아름다운 모습을 가까이서 이모저모 뜯어보는 기분이 여간 좋지 않았던 것이다.

윤이는 사이디스 씨에 관한 것을 물었다. 결혼한 남자냐, 한국에는 얼마 동안 머물겠느냐 하고. 그것은 어떻게 접촉해볼 방법이 없겠느냐고 타협해오는 속셈의 표시다. 그도 그럴 것이 독신자이며 굉장한 부자라고 병삼이 거짓말을 했으니.

그날 밤 윤이는 댁까지 모셔다드리겠다는 병삼의 기사 정신을 굳이 저버리고 돈암동까지 가서 내렸다. 늦은 밤인데 들를 데가 있다고 우기면서.

"이만하면 그게 어떤 여잔지 너도 알겠지?"

잡음이 섞인 유 여사의 목소리가 다시 귓가에 울려왔다.

"이것도 요즘 안 일이야. 사람이란 죄짓고 못 사는 법이지. 글쎄 공교롭게 혜옥이 후배의 친정집에 그게 들어 있다는구나. 우연히 알게 됐지. 아 글쎄, 식모를 둘씩이나 거느리고 버젓하게 사는 것처럼 얘기하더니 그게 아니었어. 방 한 칸에 고리짝 생활을 한다지 뭐냐? 그러면서도 차리고 나오는 걸 보면 어느 대가댁 어부인이 그러겠니? 여자라는 건 정조 관념이 희박하면 그건 벌써 다 된 거지만 그보다 더 곤란한 것은 소위 낭비벽, 그거란 말이야. 낭비벽의 여자는 혼자만 신셀 망치는 게 아니야. 남자를 망치고 주변 사람들에게 피해를 주고 나중엔 사기, 도둑질까지 하게 되는 거야. 게다가 낭비벽이란 정조에 대한 무방비도 따라가게 마련이거든."

이재理財에 밝고, 희미하나마 여성문제연구가라는 명함에 어울릴 만큼 유 여사의 나중 말은 이론적이었다. 병삼은 수화기를 든 채 유 여사의 연설을 건성으로 들으며 그날 밤 이후 여러 번 윤이를 만난 일을 생각하고 있었다. 이때 누군가가 방문을 쑥 열었다. 들어선 사람은 양두연이었다. 병삼은 그를 빤히 쳐다본다. 두연은 머리에 쓰고 있던 캡을 벗어 꾸겨 쥐면서 쓰러지듯 소파에 앉았다.

"결국 내가 이러는 건 너를 믿지 못해 하는 얘기는 아냐. 너가 여자에게 빠질 그런 인간으로 되어 있지 않다는 걸 난 누구보다 잘 알고 있어. 하지만 그걸 데리고 다닌다는 그 자체가 창피스럽단 말이야. 남이 보면 뭐라겠니."

더 계속할 판인데,

"여보세요."

하고 병삼이 불렀다.

"왜, 거기 대해 할 말 있어?"

"지금 여기 불청객이 왔단 말입니다."

"그래서 끊으란 말이냐?"

"그렇죠. 나머지는 일본 갔다 오신 뒤 듣기로 하구요. 하여 간 잘 다녀오세요."

병삼은 시큰둥하게 말하고 수화기를 놓았다. 그러나 이내, 유 여사의 신경질처럼 벨이 또 울렸다.

"제기랄! 네!"

수화기를 든 병삼은 화가 나서 소리를 질렀다.

"거기 아가씨 있어요?"

사내 녀석의 목소리였다.

"어느 아가씨 말씀입니까? 우리 집엔 칠 공주가 있는데 몇 째 말씀이죠?"

"M대생 말인데요."

"아 네. 바로 일곱째구먼요. 이거 대단히 안됐습니다. 지금 외출 중이구먼요."

병삼은 수화기를 내동댕이치듯 던지고 나서,

"제기랄! 망할 놈의 새끼! 노총각 집에 아가씨는 무슨 놈의 아가씨야?"

담배를 붙여 물고 그는 양두연 옆으로 다가간다.

"이거 산에서 오셨나?"

병삼의 말에 두연은 까맣게 수염이 돋아 까칠해진 얼굴을 손바닥으로 빡빡 문질러본다.

"눈깔이는 썩은 동태 같구, 어젯밤도 공주님 집 앞에서 밤을

밝힌 모양이로군."

"……."

"내가 그놈의 돈 안 주는 건데, 누가 실연의 자금으로 쓸 줄 알았나."

"그놈, 최대식 그 새끼 도망을 갔다."

두연은 후 하고 숨을 내쉬며 말했다.

"손에 손을 잡구?"

"혼자 뺐어!"

"왜?"

"버린 거지."

병삼은 재떨이에 담배를 눌러 끄고 나서 방구석지기로 갔다.

"점심은 먹었나?"

두연은,

"먹었어."

했다. 병삼은 커피포트에다 스위치를 넣고 커피 몇 숟가락을 떠 넣은 뒤에, 두연이 앞으로 와서 그와 마주 앉았다.

"생각했던 것보다 빨랐구먼."

"돈도 들어먹은 모양이야."

"누구의? 그 공주께서는 상당히 부자였던 모양이지?"

"영화사의 돈을 먹었다는 거야."

"그래? 홍길동이구먼. 그런데…… 쓰다 남은 찌꺼기 줏을 순 없지. 안 그런가? 까짓, 잊어버려라."

두연은 핏발 선 눈으로 병삼을 힐끗 쳐다보았다. 오랫동안 침묵이 지나갔다.

"이눔우 새애끼! 잡히기만 하면 죽여주어야지."

두연의 이빨 사이에서 신음 같은 말이 밀려 나왔다. 병삼은 정말 두연이 살인을 할 것 같아 겁이 덜컥 났다.

"시시한 소리 집어치워. 영화 관계는 어떻게 되었누."

관심을 돌리기 위해 영화 얘기를 꺼내었다.

"흥! 말뿐이지. 알고 보니 속이 텅텅 비었던걸."

내뱉듯 말하더니 다시,

"순미는 버림당했다는 생각을 안 하고 있어."

"그럴 테지. 여자란 원래 편리한 대로 생각하는 족속이니까."

두연은 병삼의 눈을 뚫어져라 바라보았다. 눈을 돌리며 혼잣말처럼,

"금전 관계 때문에 몰려서 잠시 몸을 피한 거라고 생각하고 있어. 어리석은 기지배, 글쎄 내 앞에서 울며 하는 말이 틀림없이 돌아올 거라는 거야. 본처하고 이혼하기로 이미 결정이 되구…… 어리석은 기지배."

"뻔뻔스럽군."

"자포자기겠지."

두연은 자신을 달래듯 말했다.

"여자란 갈 데까지 다 가면 염치가 없어지는 거야. 그 직전까지가 순진한 거지. 아예 생각도 말어. 만나기는 왜 만나누.

병신같이."

병삼으로서는 드물게 타이르는 투로 형님같이 말을 했다. 그러나 갈 데까지 다 가면, 했을 때 수척했던 두연의 얼굴은 상기되었다. 순미가 처녀성을 잃었으리라는 것은 기정사실이다. 기정사실을 다시 들추었을 때 최대식에게로 향한 두연의 살의는 순미에게 옮겨지는 것이었다.

"아니야, 아니야! 순미는 나를 배신한 죄책감을 그런 식으로, 역으로 표현한 거다!"

두연은 마음속에서 뭉글뭉글 이는 순미에 대한 격정을 밟아 문드리듯 말했다.

"어느 심리학자가 말하기를 여자는 바보이기 때문에 속아 넘어가는 것은 아니라더군. 기대가 크기 때문에 속는다는 거야. 그리고 속았다는 사실 앞에서 좋은 일만 믿으려 하며 나쁜 일은 생각해볼려고도 안 한다는 거지. 학문적으로 그것을 시야협착視野狹窄 현상이라 한다던가? 틀림없이 미스 강은 자기를 위해 사내가 경제적인 파탄에 빠진 거라 생각하고 있을 거야. 사실은 여자를 위해 쓴 돈도 없을 텐데, 그래야만 마음이 편할 테니 그렇게 생각하는 거지."

병삼의 말에 두연은 대답을 못 했다.

아닌 게 아니라 순미는 울고불고하면서 최대식이 그런 일을 저지른 것도 순전히 자기 때문이며 자기를 위한 과실이었다고 넋두리했던 것이다. 애인이 파렴치한 짓을 하여 인격 파탄에 빠진 사실보다 얼마나 자기를 사랑했기에 그런 일을 저질렀겠느냐는 것에 순미는 중요성을 두고 있었던 것이다. 그러나 두연이 순미를 볼 때마다 그의 차림새는 전보다 나아진 것이 없었고, 오히려 눈에 익은 옷, 눈에 익은 구두, 핸드백에 이르기까지 그의 소지품은 낡아 있었다.

"그런데 어떡헐 작정이야."

최대식을 잡으면 죽여준다는 두연의 말이 불안하여 병삼은 슬그머니 한번 떠본다.

"어떡허긴? 그 새낄 잡아야지. 그런 놈은 모가지를 비틀어 놔야, 썩어빠진 사회를 위한 경종이다."

"흥, 굉장한 소릴 하는군그래. 여기저기서 치정 살인이 벌어지고 거의 날마다 사회면은 지저분한 보도를 하고, 그래도 세상은 매일매일 나빠져 간다."

커피가 꿀럭꿀럭 끓고 있었다.

"살아남는 놈만이 장땡이야. 커피를 즐길 수 있다면 그래도 세상이 그리 삭막한 것만은 아니지."

병삼은 일어서서 커피포트와 커피 잔, 슈거볼을 들고 왔다. 두 잔을 따라 한 잔을 두연이 앞으로 밀어주면서,

"시골에나 한번 다녀오지."

"취미 없어."

"그래?"

하다가 병삼은 별안간 무슨 생각을 했던지,

"그럼, 박영수를 한번 만나보는 거다!"

신이 나서 큰 소리로 말했다.

"뭘 하게 만나? 취미 없다!"

"좋은 수가 있어!"

"……."

"잘하면 영화 하나쯤 자네 손으로 만들 수 있을 거야."

"영환 만들어 뭘 해? 취미 없다."

"취미 없다는 말만 연발할 게 아니라, 이건 공수표가 아냐."

"생각 없어. 예술가의 정열이 성냥불만큼이나 현실에 작용하는 줄 아나?"

"천재가 나와야 한다고 소리 지를 때는 언제고."

"술김에 한 거지."

"잔말 말구 내 하라는 대로만 해. 지금 박영수는 두 번째 성공의 문을 들어서려는 찰나에 있단 말이야. 자네도 그를 따라서 그 문간으로 슬쩍 들어가 보는 거다. 단 뱃심 좋고 능청스러워야 해."

두연은 듣는 둥 마는 둥 하고 있었다.

"가만히 있자…… 양두연이 나가면 될 일도 안 되겠지? 일을 그렇게 해선 안 되겠군."

그는 시계를 본다.

"아무튼 나가보는 거다. 시간도 됐고."

병삼은 밖을 향해 와이셔츠를 가져오라고 했다.

"무슨 소린지 난 통 모르겠다."

무기력하게 중얼거리며 두연은 커피를 홀짝홀짝 마시고 있었다.

할멈이 가지고 온 와이셔츠를 입고 수수한 회색 양복으로 차려입은 병삼은 오늘따라 의젓해 보였다.

"나가자."

"어딜?"

"여잘 만나러 가는 거야. 보고 놀라 자빠지지 말어."

두연은 주질러 앉은 채 말이 없었다. 일어나려고도 하지 않고 처음 와보는 방도 아니건만 새삼스럽게 이 구석 저 구석을 눈여겨 쳐다보다가,

"애인이라면 나는 사양하는 편이 좋겠군."

했다.

"사양할 것 조금도 없다. 만인의 애인이 될 수 있는 여자야. 이게 비었거든."

하고 병삼은 자기 머리에 손가락질을 해 보였다.

"향기가 없는, 말하자면 아마릴리스 같은 여잔데 조물주의 장난이겠지. 한데, 편한 것은 아무 신경을 쓰지 않아도 좋다는 그 점이야. 여자가 똑똑하면 피곤하거든."

그들이 밖으로 나왔을 때 해는 조금 남아 있었다.

병삼은 채광이 좋지 못한 방 안에서 오전 동안 줄곧 책을 읽은 탓이었던지 가벼운 현기증과 가슴이 답답해오는 것을 느꼈

다. 그의 눈에 비친 거리의 건물들이 수정탑처럼 흔들리고 있
는 것 같기도 했다.

　그런가 하면 별안간 거리에서 사람들은 일시에 사라지고 텅
텅 비어버린 가로에는 광원체光源體를 향해 그림자가 길게 뻗은
것 같고 음영이 짙은 굴곡은 마음을 낭떠러지로 몰고 가는 것
같았다. 키리코의 그림 같기도 한 환각이 병삼의 머리를 무한
대로 확대해나가고 있다는 착각, 빛과 그림자, 단 한 점의 생
명도 용납지 않는 빛과 그림자의 입자粒子만이 가득 찬 무한히
무한히, 넓은 공간 의식은 병삼으로 하여금 전율케 한다. 그는
일순간 강한 창작의 충동을 받았다. 소리 지르고 싶은 환희와
땀이 솟는 공포감에 그는 허덕거렸다. 그러나 그것은 짧은 동
안의 불길에 지나지 못하였다. 그의 의식 속에 움직이는 행인
들의 모습이 드러나고 수정탑처럼 흔들리던 건물은 잿빛, 그
리고 지난겨울 연통에서 나온 매연에 그을린 더러운 벽면까지
사물은 명확성을 띠기 시작했다. 가슴이 찢어지는 듯한 고통
을 참으며 병삼은 맥없이 걷고 있는 두연을 돌아본다. 두연만
이 맥없이 걷고 있었던 것은 아니다. 자기 자신도, 행인들 모
두가 터덜터덜 석양을 등지고 혹은 가슴에 안고 갈 곳을 향해
걷고 있었던 것이다. 미친 사람은 아무도 없었다. 땅바닥에 달
라붙은 게딱지만 한 집들처럼 확실한 윤곽을 지니고 미쳐 돌
아가야 한다던 두연의 수염이 자란 얼굴, 그 사이의 땀구멍까
지 권태로운 상식은 움직일 수 없는 확률로 도사리고 있었다.

"너는 영화나 하나 만들어라. 여편네들의 손수건이 흠뻑 젖는 그런 영화 말이다."

병삼이 별안간 말했다.

"흠."

"나는 화상畵商이나 하겠다."

두연은 구름 가는 곳을 올려다보고 다시 발끝으로 눈을 떨어뜨리며,

"시골에나 내려가겠어."

"아까는 안 간다 하더니?"

"그 말 듣고 생각해봤지. 숨이 가빠서 이젠 서울에 못 살 것 같다."

"아주 내려가란 말은 안 했어."

병삼은 소년처럼 위축되어 말했다.

"가면 아주 가는 거야."

명동으로 나간 그들은 음악이 시끄러운 다방으로 들어갔다.

날아갈 듯 차려입은 윤이는 병삼을 보자 젊은 애들처럼 웃었다. 두연은 윤이를 보는 순간 눈살을 찌푸렸다.

"늦었어요, 십 분이나."

윤이는 시계를 보며 말했다.

병삼이 맞은편 좌석에 앉자, 두연도 그 옆자리에 슬그머니 엉덩이를 놓았다. 윤이는 누구냐는 시늉으로 병삼을 쳐다본다. 병삼은,

"친굽니다. 인사하세요. 영화감독 양두연 선생, 그리고 이분은 김윤이 씨."

두연은 윤이를 보지 않고 고개만 꾸벅하고 숙였다.

"처음 뵙겠습니다."

영화감독 양두연 선생이라는 엉터리 소개를 믿은 윤이는 공작이 날개를 펴듯 화려하게 웃었다.

"전 영화에 참 관심이 많습니다. 전엔 영화배우가 되려고 생각한 일도 있었어요."

"지금도 늦지 않았습니다."

병삼의 말에 양두연은 가볍게 웃었다.

"이 친구, 머지않아 새 영화를 만들 텐데 어디 한번 나가보시죠."

"설마……."

윤이는 깔깔 소리 내어 웃다가,

"어머니 역할 같은 건 싫어요."

"어머니 나름이죠. 파파 할머니로부터 이십 대의 청초한 미망인까지…… 처녀라구 노처녀는 없나요?"

"글쎄…… 나이 들어서, 화면에선 어떨지는요."

아무래도 농담을 진담으로 받아들이는 것이 이 여자의 병인 모양이다.

양두연은 무슨 말을 하건 말건 레지를 불러 마음대로 차 주문을 한다. 그는 윤이를 보는 순간 중년 부인으로서 젊어 보이지만, 병삼과는 상당한 연령의 차가 있는 것을 알았다. 병삼이 나이보다 늙어 보이는데도 장난으로 여자를 대할 수 없는 두연으로서는 그것만으로도 용납할 수 없는 기분이었고, 이런 경우 여자의 미모는 그에게 있어 가치 기준이 될 수 없었던 것이다. 두연의 기분을 알 턱이 없는 윤이는 사이디스 씨에게 자기는 베토벤을 좋아한다는 식으로 접시 바닥 같은 상식을 털어내며 영화에 관한 이야기를 지껄이기 시작했다. 그 심히 듣기 거북한 끈끈한 목소리로. 제 딴에는 미모 못지않은 교양을 자부하면서. 병삼은 싫증도 내지 않고 재미가 난 듯 맞장구를 치고 있었다.

커피를 마시고 한동안 노닥거리다가 병삼은 일어섰다.

"오늘은 근사한 곳에 가서 한턱 쓰지."

하고 두연에게 고갯짓을 했다.

"나는 집에 가겠다."

담배를 호주머니 속에 챙겨 넣으며 두연은 퉁명스레 말했다.

"왜요?"

허물없이 친해진 사람처럼 윤이가 물었다. 윤이는 영화감독 양두연에게 병삼이 한턱 쓰고자 하는 것은 순전히 자기를 위해 그러는 것이라 믿고 있었다. 자기의 미모는 아직 시들지 않았다. 현역 여배우 중에도 자기 또래의 여자가 있고, 그들보다 자기의 용모는 못하지 않다는 자부심이 무지개 같은 영광으로 그의 공상을 몰고 간 것이다. 무슨 이름으로 했음 좋을까? 광고 면에 나올 사진은 살짝 입이 비틀어진 웃음을 짓는 것이 좋을 거야. 사인을 받으려 좇아오는 팬들에게는 점잖게 대해야지. 나이 있으니까, 아냐 아냐, 되도록이면 나타나지 않는 게 좋을 거야. 이런저런 공상에 빠져 있었는지 모른다.

"그러시지 말구 가세요."

윤이는 마치 자신이 한턱 쓰는 것처럼 두연이 함께 가기를 권하는 것이었다.

"잔말 말구 따라와. 행운의 서곡이다."

병삼이 말하면서 앞서 나간다.

앞서 부지런히 걸어간 병삼은 성당 근처에서 택시를 잡아놓고, 못마땅하여 어기적거리는 두연과 말이라도 걸어보고 싶어 처진 윤이를 바라본다.

윤이보다 먼저 온 두연은 운전사 옆자리에 올라가 앉았고, 윤이와 병삼은 뒷좌석에 나란히 앉았다. 택시가 달리는 동안 흔들리는 두연의 뒤통수는 쓸쓸하고 고독해 보였다.

미터가 기본요금 육십 원을 넘어서기 전에, 그러니까 아주 가까운 거리를 달려온 택시는 으슥한 골목 어귀에서 멎었다. 병삼은 귀부인을 모시듯 윤이를 차에서 내리게 하고 조촐한 한식집으로 안내해 들어갔다. 윤이에게는 초행의 집이 아닌 듯했고, 두연은 초롱의 불 밝히는 꼴이 되어 싱겁게 그들을 따라 들어간다.

구석진 방을 잡고 앉았을 때 머리를 부풀려 올린 접대부가 나타났다. 접대부는 날라 온 물수건을 손님한테 권하고 순서 대로 들어오는 술과 안주 따위를 상 위에 펴놓으며 바지런하게 시중을 들었는데 이따금 윤이를 힐끔 쳐다보곤 했다. 그 눈에는 시샘도 있었고 같은 여자끼리 누구는 시중들고, 누구는 좌정하여 시중을 받고, 아니꼽다는 푼수 잃은 기색도 있었으나 그보다 너도 별수 없이 놀아먹은 여자로구나 하는 멸시의 분위기가 좀 더 강했던 것 같았다. 본능적으로 그들은 그 방면의 사정을 감지하는 모양이다.

 "여보, 이 친구 기분 자알 보살펴주소. 숫총각인 데다 쟁쟁한 영화감독, 제이의 나운규요."

 병삼이 수다를 떨었으나 두연은 아까부터 무슨 궁리를 하는지 완강히 혼자 생각에 골몰하고 있었다.

 "그러세요? 성함이 누구신데요?"

 윤이처럼 달뜨기는커녕 이런 곳에 와서 허풍 안 떠는 사내 없더라는 식으로 접대부는 건성으로 물었다.

 "술자리에서 통성명하는 것은 쑥이고, 저절로 알게 마련. 그보다도 나 얼마 전에 이 집에 온 일이 있는데……."

 "알아요. 코 큰 양반하고 이 누님하고 오셨죠."

 접대부는 이 누님이라는 말에 악센트를 넣었다.

 윤이는 화가 나서 얼굴이 벌게지고 병삼은 게걸게걸 웃었다.

"남의 애인을 보고 그 무슨 실례의 말씀이오."

"어머, 그렇다면 정말 실례였었군요. 난 그 외국 양반의 부인인 줄만 알았지 뭐예요?"

여자는 두 번이나 윤이에게 화살을 쏘았다. 그리고 치맛자락을 살짝 걷으며 병삼의 곁으로 바싹 다가앉아 봄바람 같은 미소를 띠고 술을 권하는 것이었다.

사실은 은숙의 집에서 파티가 있은 후 병삼은 사이디스 씨를 요정으로 초대한 일이 한 번 있었다. 그때 윤이를 합석케 했던 것이다. 팔 할이 장난기요, 이 할쯤은 윤이와 접촉할 수 있는 기회를 갖고 싶었던 속셈이었다. 그러나 사이디스 씨는 곧 떠나버렸고 윤이는 가슴이 부풀다 말았다.

윤이뿐만 아니라 화려한 파티를 베풀었던 은숙 역시 닭 쫓던 개 지붕 쳐다보는 격이 되었는데 그것은 사이디스 씨께서 꼬마 피아니스트를 동반하지 않았기 때문이다. 그 대신 병삼은 사이디스 씨를 대접한 덕택으로 심심치 않게 윤이와 접촉하는 기회를 얻었고, 한편 언젠가 스카이라운지에서 박영수에게 다정히 굴던 여자가 바로 이 요정의 마담이었다는 것도 알게 되었던 것이다.

오늘 우연히 양두연을 위해서 좋은 계획이 떠오른 것도 순전히 이곳에 있는 마담을 연상했기 때문이다.

윤이는 아주 기분이 상하여 콤팩트를 꺼내어 콧등을 두드리고 있었고 두연은 술만 마시고 있었다.

병삼은 접대부가 그어주는 성냥불을 담배에 붙인 뒤,

"그런데 미스 김."

하고 넌지시 불렀다.

"어머. 손님도, 남의 성을 갈아버리면 어떡해요? 난 정씨네 집의 딸이에요."

"딸? 딸…… 그렇지, 모두 한국의 딸이구먼."

딸이라는 말은 뜻하지 않게 병삼의 폐부를 찔렀다. 슬픔이 목구멍에서 게글게글 넘어오는 이상한 말이었다.

'도대체 사람들은 어디까지 왔을까?'

멍해졌으나 서푼어치 감상이라고 집어치웠다.

"그럼 미스 정, 미스 정은 박영수 사장하고 어떻게 되지?"

양두연이 눈을 쳐들었다.

"아니, 이거 생사람 잡을 소리를 하시네요? 이 집에 있지도 못하고 쫓겨나면, 손님 책임지시겠어요?"

접대부 말에,

"아니, 그건 농담이구, 이 집 마담의 강짜가 심한 모양이지?"

"강짜 부릴 건덕지나 있나요? 그분들 쉬이 결혼할 텐데, 하지만 손님은 박 사장을 어떻게 아세요?"

"어떻게 알다니? 둘도 없는 친군데 몰라?"

두연은 어리둥절해서 병삼을 쳐다본다.

"정말이에요?"

"비싼 밥 먹구 왜 거짓말을 하누."

접대부의 태도는 완연히 달라졌다.

"그렇군요. 친구분이시군요."

"그 나쁜 놈의 친구, 이 집에 와서 외상술 먹을까 봐 나한테는 비밀로 한 모양이지? 최근에 그것도 결혼 중매를 할려다 알았지."

접대부는 깔깔 소리 내어 웃었다. 그리고 주먹으로 상을 가볍게 치면서,

"외상 문제없어요. 마담 오시랄까요?"

상을 짚으며 일어서려는데 병삼은 그 치맛자락을 잡아당기며,

"아니, 아니 다음에 그 친구하고 함께 와서 마담을 알현하기로 하구, 나 혼자 만났다면 그 친구 오해하기 쉽지. 그리고 또 마담께서 이 미인을 보고 쓸데없는 억측이라도 하면 친구한테 욕먹지 않어?"

병삼은 어물어물 말했다. 이 요정에 온 목적은 이미 달성하였으니, 저녁이나 먹고 일찌감치 자리를 떠야겠다고 그는 생각했다.

"억측이고 뭐고 그럴 여지가 있나요?"

하며 접대부는 윤이에게 곁눈질을 했다.

저녁을 먹는 동안 박영수를 화제로 삼아 추키고 내리치고 하다가 접대부에게 두둑이 팁을 쥐여준 뒤 병삼은 두 사람을 몰고 밖으로 나왔다.

병삼이 지껄이는 동안 두연은 술만 마셨던지 어지간히 취해 있었다. 헤어질 때 두연은,

"이 새끼야!"

병삼을 칠 듯하다가 물러서며,

"지저분하게 놀지 마라! 유부년지 과분지 모르겠다만 젊은 놈이 꼴불견이다!"

침을 콱 뱉고 그는 돌아섰다.

"철이 들려면 아직 멀었군. 자아, 갑시다. 우리도."

병삼은 윤이의 팔을 잡았다.

"왜 모두들 저를 미워할까요."

기가 꺾인 윤이는 걸으면서 뇌었다. 한동안 잠자코 걸어가다가 병삼은,

"미모의 탓이겠죠. 그래서 임자가 없었던 것입니다."

속삭이듯 말했다. 눈에 눈물이 괴는지, 윤이는 얼굴을 숙이며 병삼의 옆에서 걷고 있었다.

가등이 지나가고 가로수가 지나가고 또 다가온다. 밤이 몸에 배어오는 것 같았다.

"결혼하십시오."

윤이는 고개를 번쩍 쳐들었다. 결혼하십시오. 누구하고? 윤이는 자기 귀를 의심하듯 어둠 속을 가고 있는 병삼의 옆모습을 쳐다본다.

"욕심부리지 말구…… 늙수그레한 사람, 고독한 사람하구."

윤이는 강한 거부의 몸짓을 했다.

"이 세상에 요행이란 없습니다. 다만 있다면 요행을 바라는 사람들이 있을 뿐이죠. 그러니 요행이란 더욱더 귀해지는 것입니다. 모두 피투성이 되어 물어뜯고 싸우는 세상입니다. 조용히 묻히십시오. 그러기 위해선 윤이 씨에겐 아직 미모가 밑천이 될 것입니다."

흑 하고 느끼는 소리가 윤이 입에서 나왔다.

'파리 갔다 온 화가구 미술평론가야. 대학의 교수직도 싫다고 그만두었지. 재산이 상당하거든. 게다가 멋쟁이구, 나이 틀린다고 싫다 했는데 그까짓 무슨 상관이냐구 결혼하자는 거야. 예술가니까 자유지. 날 보구 뭐래는 줄 알아? 완전히 예술품이래. 그것도 생명이 있는 예술이라나? 호호…….'

친구한테 자랑을 늘어놓은 것이 바로 엊그제였었는데, 윤이는 정말 앞이 캄캄했다. 그렇다고 해서 병삼에게 항의할 하등의 건더기도 없었다. 그렇게 믿은 것은 자기 자신의 잘못이었다. 아니 그렇게 믿기만 했던 것은 아니다. 오히려 윤이는 마음속으로 병삼의 흠을 헤아리고 있었던 것이다. 너무 말랐다는 둥, 나이 젊다는 둥 자기를 위해 큼지막한 선물을 주지 않는다는 둥 하며. 꿈엔들 병삼의 입에서 결혼하라고 타이르는 말이 나올 줄 알았으랴. 사랑은 오직 받는 거로서 주는 것을 몰랐던 윤이는 또한 자기의 불행도 자각할 수 없는 아름다운 피에로였던 것이다.

병삼은 밤인 만큼, 그리고 윤이 옆에서 걷고 있었고, 이상하게도 오늘은 뜻하지 않게 몇 번인가 느낀 감동으로 하여 자신이 전혀 방관자가 아니었음을 깨달았다.

"저, 전 유 선생님이 그런 말씀 하실 줄 몰랐어요."

"……"

"아무렴 늙은이한테, 차라리 죽어버리죠."

"윤이 씨도 늙었습니다."

"뭐, 뭐 시집 못 갈까 봐서 걱정이세요? 지금이라도 마음만 먹으면 얼마든지 오랄 사람은 많아요. 내가 마음이 내키지 않다 뿐이지."

"그럴 테죠. 그럴 테죠."

병삼은 중얼거리다가 택시를 잡았다.

"자, 타십시오."

윤이는 미칠 것처럼 화가 나는 모양이었다. 그는 병삼의 가슴을 팔꿈치로 떠밀듯 하며 거친 몸짓으로 택시에 올랐다. 문을 닫아주고 운전수에게 차비를 치른 뒤,

"그럼, 안녕히 가서 주무세요."

하고 인사했으나 윤이는 거들떠보지 않았다.

택시는 병삼의 눈앞에서 떠났다.

병삼은 갑자기 피곤함을 느꼈다. 몸도 마음도 무거웠고 바람은 배 속까지 슬슬 스며오는 것만 같았다.

병삼은 천천히 걷기 시작했다.

'그놈의 새끼 날 보고 젊은 놈이 꼴불견이라 했것다? 내 할
말을 사돈이 하는데 인간이란 원래 자기 편리한 대로 생겨먹
은 거니께. 숨이야 내가 길지 지가 기나? 뛸 때 벌써 알조 아닌
가. 뛰다가 그놈은 지쳤고 나는 슬슬 걸어간다. 영화 하나 만
들어 보았댔자 강심제 구실밖에 더할라구? 어차피 낙향하여
산천을 보구 주먹질할 놈이니 원이나 없게. 한 시절엔 무지함
이 유죄라 했건만 이제는 순진하고 정직한 것이 악덕이란 말
씀이야. 사실 죄 안 짓고 오래 살려면 슬슬 걸어야지 뛰면 쓰
나. 죄를 안 짓는데도 교활이 필요하다는 것을 몰라서야 바위
를 주먹으로 뚫고 나가려는 격이지. 뭐? 사회에 경종을 울린
다구? 사이렌에도 끄떡 않는 시민들에게 종은 무슨 놈의 종이
야, 흐흐흐……'

병삼은 홍등가처럼 등불이 켜진 무슨 궁 옆을 지나서, 그러
나 힐끗힐끗 뒤돌아보며 그 쩨쩨하고 교태 어린 선들을 먹으
로 북북 지우고 몇 개만 남겨본다. 물론 마음속으로.

'우리 조상님들은 그러고 보니 선에 대한 감각, 그거 천재였
던 거야. 짜장면집 접두 양식과 일본식 유흥가의 등불과 구미
의 공장지대…… 그런가? 색채도 모양도 범벅이다. 잡화상이
다. 곡마단의 빛깔도 전통이 있는 법인데 민주주의니 할 수 없
지. 술이 오르네? 웬일까? 우중도 많으면 이긴다. 진리는 다
수에서 탄생하게 마련이요, 그러니 힘철학의 논법도 생기는
거지. 역학이 진리로다. 사람의 마음 같은 것, 개나 먹으라지.'

집으로 돌아온 병삼은 양주병을 꺼내어 병을 기울여 몇 모금 마신 뒤 전화번호를 찾아서 다이얼을 돌린다.

"여보시오!"

그쪽에서도 여자가 여보세요, 했다.

"박영수 사장 댁입니까?"

"네, 그렇습니다."

"박 사장 계시오?"

"어디신지……."

"여기 유병삼이란 친굽니다."

"들어오셨는지 잘 모르겠는데 잠깐 기다려보세요."

한참 만에,

"아, 여보세요?"

뒤로 나자빠지는 박영수의 목소리가 들려왔다.

"박 사장이시구먼. 요즘 재미 좋으신 모양이던데?"

전에 없이 병삼은 공대도 아니요, 반말도 아닌 능글능글한 투로 말했다.

"이거 미안하게 됐소."

마치 병삼이 노리고 있던 물건을 먼저 차지한 것처럼 박영수는 말했다. 병삼은 한바탕 웃고 나서,

"박 사장, 사실은 그게 아니구요, 오늘 밤 전화를 드린 이유는……."

웃음에 압도당했던지 박영수는 어세를 굽히며,

"무슨 일인데요?"

했다.

"사실은 영화에 관한 일입니다. 일전에 두연 군과 논의한 그 영화에 관한 일인데요."

"그, 그거는 내가 의견을 말한 것뿐인데요."

"글쎄, 물론 두연 군한테 약속하신 것 아닌 줄 알고 있습니다. 그러나 마침 좋은 소재가 있어서 두연이 저더러 한번 타협을 해보라는 거구."

"하지만 나는 아직 영화에 손대볼 단계에 있지 않아요. 타협하나 마나죠."

박영수는 병삼의 일방적인 어투에 새삼스레 화를 내며 말했다.

"그러지 마십시오. 이제 단계에 이르렀는데 뭘 그러십니까."

"유 선생, 무슨 말씀을 그렇게 하십니까? 단계에 이르렀다니, 이해하기 곤란한 말씀인데요?"

"재산 조사를 한 바 없으니 정확하게는 모르겠습니다만 은경 씨의 지참금은 상당할 건데요."

"말씀 삼가세요. 비겁하지 않소? 유 선생의 심경을 모르는 바는 아니지만 남자들끼리 깨끗해야지 그런 식으로 이죽거린다면 유 선생 자신의 인격 모독 아닐까요? 나는 은경 씨에게 청혼한 거지, 그의 재산에 청혼한 것은 아닙니다."

승리감에서 박영수의 어조는 침착했다. 그러나 병삼은 침착

을 넘어서서 유들유들하게 자기에게 주어진 모욕적 언사에도 아랑곳없이,

"물론 그러실 테죠. 재산에 청혼하는 사람이 세상에 어디 있습니까. 어쨌든 저의 실언은 넓게 삭여주시구. 사실이지 분하기루야 이루 다 말할 수 없죠. 공든 탑이 무너졌으니까요. 지성인끼리 활극을 벌일 수도 없는 노릇이고 실연의 쓰디쓴 비애를 혼자 씹을 수밖에 더 좋은 방법이 있겠습니까."

박영수는 겨우 뭐가 좀 이상한 것을 깨달은 모양이다.

"왜 이러십니까 유 선생, 이러지 맙시다. 공연히 밤이 길고 심심하니까 하시는 말씀 같은데 나잇살이나 먹은 사람을 이렇게 놀려대깁니까?"

슬쩍 농담으로 돌리며 너털웃음을 웃는다.

"아, 아닙니다. 예술가라는 것은 원색적 동물이어서 감정이 지성을 누를 때가 왕왕 있습니다. 세상에서는 흔히 문화인이라 하며 자숙을 강요합디다만, 어떤 때는 미친개처럼 상대를 물어뜯을 때가 있습죠."

"아아, 술 취하셨군."

"술이야 항상 취해 있죠. 취하지 않고 살 수 있습니까. 그러나 취중의 진담이자, 영화 얘기로 돌아갑시다. 우선 원작을 삼십만 원쯤으로 흥정하여 사두시고 각색을 맡긴 뒤 주연급 배우들을 선정하여 조금씩 계약금을 걸어놓구, 그러자면 돈 백만 원 뿌리면 될 거 아닙니까?"

"아니, 이거 잠꼬대하시는 것 아닙니까? 어서 주무십시오."

"전화를 끊으시면 후회하실 겁니다. 그때 이미 때는 늦으리. 그럼, 계속해서 말씀드리죠. 그러고 나서 제작은 결혼식이 끝난 뒤, 아시겠습니까?"

"통 모르겠는데요."

박영수는 어지간히 지쳐서 코대답을 했다.

"일생일대의 모험을 앞두고, 그거 아셔야 합니다. 행운이란 잡는 것도 한순간, 잃는 것도 한순간이니까요."

"뭐라구요?"

강한 반응이 왔다.

"솔직히 말씀드리죠. 나는 박 사장이 은경 씨하고 결혼하는 데 대해 아무 이의가 없소. 그리고 둘째로 박 사장께서 양두연에게 베푸신 관심을 현실화하라는 거요. 오늘 요정 낙산에 가서 술을 마시면서 두연 군과 함께 영화 문제를 논의했거든요."

"낙산!"

"그곳에도 약혼자가 한 분 계시더군요."

병삼은 수화기를 놓았다. 그리고 방 안을 빙글빙글 돌면서 웃어젖힌다.

5. 다이아몬드와 오물차

다방 구석진 좌석에서 뚱뚱한 사나이와 이야기하고 있던 소설가 장일 씨는 용무가 끝난 모양으로 병삼과 양두연이 기다리고 있는 곳에 왔다.

"하 나 참, 별일 다 보겠구먼."

맞은편 좌석에 앉으면서 그는 화난 어조로 말했다. 자그마하고 얼굴빛이 까맣고 다부지게 보였다.

"무슨 일이 있었습니까."

병삼이 물었다.

"아, 글쎄 새벽부터 전화가 와서 만나자는 거요. 생판 모르는 사람이 무슨 일이냐고 했더니 만나만 보면 안다는 거 아니겠소? 그동안 돌대가리처럼 막혀서 공연히 집식구만 들볶다가 겨우 일이 풀려 밤을 새우는 판에 만나자고만 하고 눌어붙으니 이거 환장할 노릇이란 말이오. 그래 오늘 여기 나올 약속도 있고 해서…… 나 온 기가 막혀서, 유 선생 나 담뱃불 좀 빌

립시다.”

장일 씨는 병삼이 켜주는 라이터에 담배를 붙인 뒤,

“거 아무래도 정신이상인 모양이오. 자기 마누라가 내 소설을 애독하는데 그게 아무래도 이상하다는 거죠. 필시 내 아내는 장 선생을 사랑하고 있을 거고, 그게 틀림없다는 거요. 며칠 전에도 외출하여 밤늦게 돌아왔는데 장 선생을 만난 거 아니냐, 허 참, 나중에는 마구 공갈 협박이란 말이오. 쌍벌죄로 고소하게 되면 장 선생은 사회에서 매장되고 다시는 글도 쓸 수 없게 될 거라나? 제기랄! 무슨 권력을 가졌다고 매장이 무섭겠소, 돈벌이가 얼마나 된다고 글 못 쓰는 게 무섭겠소?”

“그의 부인을 장 선생은 아시오?”

“알기는커녕 코빼기도 본 일이 없소.”

장일 씨는 병삼이도 의심하는가 싶었던지 강한 몸짓을 했다. 이쯤 되면 장일 씨는 흥분하게 마련이다.

“장 선생께선 소심해서 그렇지 세상에는 별의별 놈의 일이 많다더군요.”

은근히 공갈을 쳐서 박영수로 하여금 영화를 제작하게 이끌어온 일을 생각하며 병삼은 싱긋이 웃었다.

“뉘 아니래요? 별놈의 일 다 많지. 아, 글쎄 얼마 전에만 해도 모 인사가 대학교수를 소설에 쓴다고 호통을 친단 말이오. 그래 말해주었지. 그따위로 항의하는 자네같이 너절한 교수 얘기 아니니까 걱정하지 말라고. 그것도 한국문학은 아니지만

172

외국문학에 관계한답시고 부지런히 쏘다니는 친구란 말이오. 그런 친구가 있기 때문에 열나서 글 쓰는 동력이 되지만, 하기는 무사태평하게 누가 모셔 앉혀준다면 팔이 굳어서 일 못할 게요."

"그럼요, 그렇겠죠. 그런데 이미 합의가 된 일이지만 두연이, 자네 사무적인 일 끝내도록 하지."

병삼은 적당한 데서 이야기를 끊고 두연을 내세웠다. 두연은 병삼의 눈빛을 읽고 하다가,

"사실은 좀 더 절충을 해볼려고 했는데 제작가 입장에서 본다면 처음 하는 일이고 흥행 결과에는 처음부터 기대를 안 하고 있느니만큼 아무래도 지출은 줄이려 하지 않겠습니까. 그러나 그 대신 내용에 대해서만은 흥행보다 예술적 가치에 중점을 두기로 했으니 장 선생님의 작품을 망치는 일은 절대 없을 것입니다. 그 점 안심하시고 약소하나마."

양두연은 수줍은 신부처럼 부푸는 가슴을 조심스럽게 누르며 말했다.

"좋습니다. 말이야 바로 하지, 원작료를 받는다는 것은 고마운 이야기죠."

장일 씨의 뜻하지 않은 저자세에 두연은 다소 어리둥절해한다.

"작품을 여기저기 뜯어서 훔쳐 먹는 판국에 원작료라도 받을 수 있으니 얼마나 고마운 이야기요?"

뒤의 말은 맵싸했다.

두연은 호주머니 속에서 이십만 원 액면의 보증수표와 구비해 온 서류를 꺼내어 함께 장일 씨 앞으로 밀었다. 장일 씨는 서류의 내용을 한번 훑어본 뒤 만년필을 꺼내어 서명을 하고, 다시 도장을 꺼내어 날인했다.

"됐습니다."

서류는 양두연 바지 호주머니 속으로 들어가고 수표는 장일 씨 속주머니 속으로 들어갔다.

"장 선생님."

이의라도 제출할 듯 병삼이 불렀다.

"예."

장일 씨 대답에 병삼은 싱글벙글 웃으며,

"그 돈 어디다 쓰시렵니까."

"이거 말입니까?"

수표가 들어간 속주머니를 눌러보며 장일 씨는 되물었다.

"네. 그 돈 말입니다."

"세금 내고 외상 좀 갚고 그러고 나면 십오만 원쯤 남을 게요. 그것 가지구 서재나 하나 지을랍니다."

"될까요?"

"뭐 블록으로, 지붕이나 올리구."

"이상한데요?"

양두연이 말참견을 했다.

"뭐가 이상합니까?"

"장 선생님처럼 팔리는 작가가 서재 하나 없었다니 말입니다."

장일 씨는 껄껄하고 소리 내어 웃었다.

"우리 서글픈 얘기 더 이상 하지 말기로 합시다. 음성 수입이 없는 게 한이구먼요. 애놈들 등록 때면 이리 뛰고 저리 뛰는 마당에 이름 석 자 보구 구걸객이 찾아오면 정말 대한민국에선 내가 부자로구나 하고 생각해보지요."

한결 숨을 돌린 듯 안심한 얼굴로 악수를 나눈 뒤 장일 씨는 다방에서 사라졌다.

"살기 어렵군."

두연이 뇌었다.

"정신 차려!"

병삼이 기합을 넣듯 말했다. 그리고 다시,

"남의 걱정 그만두고, 다음 일은 어찌 되었누."

하고 물었다.

"각색은 한규가 하기로 했고, 문제는 주연급 배우를 잡는 건데 그것도 나보다 그 길이 빠른 한규가 교섭하기루 했어."

"순미 양의 문제는 단념했겠지?"

"……"

"자넬 잡지 못한 것을 가슴을 치고 후회할 거야. '갈매기'를 이끌던 연출가 양두연 씨 처음 메가폰을 잡다 하고 신문에 날

175

것 같으면."

"……."

"철새 같은 그따위 여자 아예 동정할 것 없다."

"하지만 너무 그럴 것도 아니지. 용기를 주는 뜻에서…… 지금 절망의 구렁창이다. 조연쯤이나, 그래도 연극에서는 더러 주연도 맡았었고……."

두연은 그간 병삼과 논의되어온 순미의 출연 문제를 결코 단념하지 않고 있었다.

두연이 그렇게 나올 줄 뻔히 알면서 한 말이었기에 병삼은 더 이상 심각하게 열심히 말을 계속하지는 않았다.

항상 인생과 사랑에 대하여 진지하고 소박한 두연보다 만사를 곁눈으로 보며 장난기로 대해온 병삼이 여자 심리를 파악하는 데는 정확하다. 그는 순미가 두연을 배반한 사실보다 한번 바람이 들어버린 여자가 두연이 관대하게 나온다고 옛날과 같은 애정으로 돌아가지 않을 것을 알고 있었다.

두연이 영화에 관계하게 됨으로써 애당초 최대식에게 접근하게 한 순미의 야심이 보다 일그러지고 질이 나빠진 상태로서, 두연에게 보상받으려는 것인지도 모를 일이며.

"글쎄, 글쎄 그가 그 여편네하고 함께 숨어 있다지 뭐예요? 그, 그럴 수가 있어요?"

자기에게 반드시 돌아올 것이라고 큰소리치던 순미가 결국은 기정사실을 어쩔 수 없었던지 그런 말을 하며 울었다는데,

어떻게든 유명해져서 최대식에게 보복하고자 하는 심리가 없었다고 할 수도 없는 일이다. 증거로는 영화 제작의 계획이 진행되고 있는 요즘 미친 듯 최대식을 찾아 헤매던 순미가 갑자기 두연을 쫓아다니는 것을 들 수 있다. 병삼은 두연에게 다시한번 괴로운 결과가 올 것을 예감하고 있었다. 두연의 영화감독 이력은 아마도 한 번에 그칠 것이다. 어쩌면 계획만으로 유산이 되는 경우도 있을 수 있다. 박영수가 낙산의 마담 때문에 결혼을 무사히 치를 수 없는 경우, 애당초부터 큰 고기를 낚기 위해 돈 백만 원쯤 버리는 셈으로 병삼의 올가미를 박영수가 받아들였다면 결혼식과 더불어 그것은 공약으로 돌아갈 것이다. 아무튼 두연은 낙향할 것이다. 낙향의 동기는 다시 한번 순미를 통한 인간 불신에 있을 것이며, 그 결과가 오기까지 두연에게 순미는 날개 꺾인 천사처럼 가련한 존재일 것이다.

방법은 과히 칭찬할 만한 것은 아니지만 영화 제작에 출자하겠다는 박영수의 승낙을 받고 병삼이 두연을 만났을 때, 두연은 영화를 처음 만들게 되는 희열에 앞서 순미를 먼저 생각했을 것이며, 최대식 이상의 능력을 나타낸 양두연이라는 사나이를 순미 앞에 보이고 싶었을 것이다.

시골행을 쉽사리 중지하고 병삼이 주워다 준 일거리를 덥석 잡은 것은 결코 야심 때문이 아니라는 것을 병삼은 잘 알고 있었다.

'한꺼번에 벗기면 지저분한 욕심이 드러나는 것을, 두연이

177

새끼는, 제기랄! 이런 인간성은 언제나 지저분한 것의 공범자
란 말이야. 그러면 나 역시 공범자가 아니냐.'

병삼은 오늘을 마지막으로 순미에 관해서는 일절 말을 하지
않기로 작정했다. 주연을 맡기거나 조연을 시키거나. 그뿐만
아니라 이쯤 끌어주었으니 이제는 영화에 대하여 문외한인 자
신은 물러나야 한다고도 생각했다.

십여 일이 지나갔다. 그동안 병삼은 애써 양두연을 만나지
않았다.

열 시가 거의 다 되어 자리에서 일어난 병삼은 우선 커피포
트에 스위치를 넣고 아침 커피를 준비한 뒤 소파에 와서 조간
을 집어 들었다. 대강대강 기사를 훑어보던 병삼은 공항 출입
소식란에 눈이 갔다. 그는 유 여사가 돌아올 시기가 되었을 거
라 생각하며 신문을 버리고 매형의 근무처에 전화를 건다. 유
여사가 돌아오는 날짜를 확인하기 위해.

깃발을 들고 나가기까지야 않겠지만 돌아올 때는 비행장까
지 나가줘야겠다고 병삼은 생각했던 것이다. 그러나 전화통에
서 들려오는 말은 유 여사가 홍콩을 다녀서 돌아오기 때문에
예정 일자보다 늦어질 거라는 것이며, 옆에 손님이 와 있었던
지 매형은 그 말만 하고 급히 전화를 끊었다.

"흥, 한 보따리 잔뜩 안고 오겠구면."

중얼거리며 끓고 있는 커피를 한 잔 부어서 병삼은 탁자 위
에 갖다 놓는다.

그는 갑자기 유 여사가 보고 싶어졌다. 서로 체모 없이 싸우고 미워했었지만 막상 멀리 가 있다 생각할 때 보고 싶어지는 것이 육친의 정인가.

"돌아오면 또 싸우겠지."

병삼은 식지 않은 커피를 한 모금 마셨다. 주인이 아직 잠들어 있다고 생각하는지 할멈도 그의 손녀도 기동을 하지 않는다. 조용한 늪에 빠져들어 가는 듯 기분 나쁜 조용함이 온 집안을 감돌고, 그것을 병삼은 위장 탓이라고 생각했다. 병삼은 커피를 또 한 모금 마셨다. 아직 뜨거웠다.

파리에서 자취하던 시절이 바람처럼 그의 뇌리를 쓸고 지나갔다. 더러운 다락방, 먼지가 쌓이고 거미줄이 쳐진 방, 커피를 마시면서 창밖을 내다볼 것 같으면 뜨거운 것이 코언저리로 타고 내려오던, 그러면 그는 코트를 걸쳐 입고 거리로 나왔다. 무작정 걷고 또 걸었다.

한국을 떠날 때 그는 아는 사람 없는 이방의 거리를 혼자 거닐고 있을 자신을 상상하며 희열에 떨었던 것이다. 고독하게, 철저히 고독하게 작품과 대결하는 자신의 모습을, 그것은 오랜 꿈이었고 그 꿈을 향하여 한국을 떠났던 것이다. 그러나 철저히 고독할 수도 없거니와 고독은 그가 상상했던 것처럼 행복한 것은 아니었다. 이방의 거리를 헤매는 것은 무서웠고, 낙엽을 밟으며 혼자 가는 마음에는 절망 이외 아무것도 없었다. 더러운 다락방은 자살 아니면 미칠 것 같은 충동을 주었다. 이런 현상은 재능에 대한 불신에서 온 것이었다. 어쩌면 파리에서의 생활은 자살에의 충동에서 늘 도망치는 그런 것이었는지도 모른다.

절망과 자살에의 충동을 극복했을 때, 병삼은 화필을 버렸고 성격에는 엄청난 변화가 왔다. 오늘의 병삼으로 변모한 것이다. 옛날의 그를 아는 사람은 파리에 갔다 오더니 사람이 경박해졌다고 했다. 말이 많아지고 물에 물 탄 듯, 술에 술 탄 듯 아무 데나 오라면 가고 어떤 사람하고도 어울려 놀고 끝이 없는 불평을 늘어놓는가 하면 남을 놀려주기 좋아하고 옛날같이 어딘지 모르게 격렬한 구석을 찾아볼 수 없게 되었다고 했다. 가끔 신문이나 잡지에 실리는 글도 알기는 알고 쓰는 모양인데 무기력하게 보이더라고 했다.

전화벨이 병삼의 생각을 깨뜨리고 울렸다. 들고 있던 커피 잔을 내려놓고 그는 수화기를 들었다.

"아, 여보세요."

"미스터 유, 나예요."

뜻밖에 은숙이었다.

"웬일이십니까?"

생각이 아직 여운을 남기고 있어 병삼의 목소리는 어둡고 무거웠다.

"이럴 때 신애가 있었음 얼마나 좋았을까."

"……."

"아무튼 미스터 유를 좀 만나야겠어요."

은숙은 몹시 흥분해 있었다.

"지금 말입니까?"

"지금 당장, 나 기가 막히게 모욕을 당했단 말예요. 너무 끔찍스러워 가슴이 막 떨려요."

"제가 관련된 일인가요?"

"직접 관계되는 일은 아니지만 그렇다고 전혀 없는 것도 아니에요. 아무튼 반도호텔 커피숍까지 곧 좀 나와주세요."

일방적인 얘기만 하고 전화를 딸깍 끊었다.

"온, 직업도 없는 신세에 무슨 놈의 일이 밤낮 생긴담."

병삼은 옷을 입으면서 시계를 본다. 어떤 화가를 만나기로 약속한 시간까지 약 두 시간이 남아 있었다. 그는 속이 좋지 않았으므로 조반은 그만두기로 하고, 따라서 할멈에게 나간다는 말도 없이 집을 나갔다.

커피숍으로 들어갔을 때 은숙은 파랗게 질린 얼굴로 앉아 있었다. 그러나 병삼을 기다리는 동안 많이 흥분을 가라앉혔던 모양으로 목소리는 평시와 다름이 없었다.

"미안해요. 나오라고 해서……."

"말씀하십시오."

"글쎄, 요즘 골치 아픈 일이 좀 있어서 별장에 나가 있었거든요. 그래 오늘 아침 돌아오는 길에 은경이한테 들렀지 뭡니까. 미스터 유도 물론 알고 있겠지만 내 친정 편엔 아무도 없지 않아요? 은경인 마치 남의 결혼식을 기다리는 것처럼 무관심하고, 그래 난 초조했단 말예요. 그 애네 집에 가서 막 앉으려 하는데 손님이 찾아온 거예요."

병삼은 저도 모르게 가슴이 덜컥 내려앉았다. 뭣 땜에 그랬는지 모르지만.

"여자 손님이었어요. 무슨 요정의 마담이라던가요?"

"아, 아아."

"아시는군."

"다음 말씀 계속하십시오."

"아이, 정말 무서운 여자였어요. 무교양하구. 처음부터 팔을 걷고 나서며 마구 욕설이에요. 은경인 가만히 구경만 하고 있었지만 난 그럴 수 없었어요. 어디라구 와가지고, 그럴 수 있어요? 이 집 노처녀하구 박영수라는 녀석이 결혼을 하게 됐다는데 결혼하기 전에 이행하지 않으면 안 되는 채무가 있고, 그것을 이행하지 않는 한 결혼은 못 하는 거로 알고 있으라, 자아, 이렇게 짖어대는 거예요."

은숙의 어세는 높아졌다.

"미스터 유, 그래 생각 좀 해보아요. 우리 은경이가 병신이유? 시집갈 데가 없어서 신랑을 돈으로 사 오는 거유? 혜옥이 내외가 하두 권하니까 흡족하진 않지만 겨우 승낙한 거 아니에요? 너무너무 화가 나서 막 소릴 질렀어요. 여기가 어딘 줄 알구 와서 야단이냐고 했더니 여자의 하는 말 좀 들어보세요.

내가 여기 온 걸 보니 신선이 사는 곳은 아닌 모양이라나요? 구워도 삶아도 못 먹는 어거지떼가 아니구 뭐예요? 하는 수 없이 달랬죠. 분하지만 이웃이 부끄럽고 무슨 창피예요? 우리는 당신에게 빚 쓴 일도 없고 또 빚을 낼 처지도 아니며 생판 모르는 사람에게 이럴 수 있느냐. 빚을 쓴 사람에게 가서 얘기하는 게 순리 아니냐구 했더니 박영수한테 돈이 있으면 내 돈 썼겠느냐, 당신네들 돈이 많아서 그 남자를 데려가는 거니까 당연히 물질적인 배상만이라도 해야 한다는 거예요."

은숙은 숨이 차는지 잠시 말을 끊었다.

"커피 드십시오."

병삼은 약간 난처함을 느끼며 권했다. 그러나 은숙은 마시려고 하지 않고,

"옥신각신하다가 전화 거는 것만도 치사했지만 박영순가 뭔가 하는 작자에게 전화를 걸었어요. 와서 여자를 데려가 달라구 했더니 그 작자 대뜸 하는 말이, 이것은 유병삼의 농간이다, 그자가 은경 씰 놓치고 배가 아파서 여자를 충동이질한 거라구요. 얼마간 부채가 있긴 있지만 그것은 곧 해결하게 돼 있는 거라나요? 옆에서 듣고 있던 여자가 수화기를 뺏더군요. 그러나 그쪽에서 여자 목소리를 듣고 끊었는지, 통화는 안 되구 말았어요."

은숙은 커피 말고 냉수를 마신 뒤 이야기를 계속했다.

"당신 유병삼 씰 아시오?"

하며 은숙이 물었다는 것이다.

"유병삼이 누군지 알 게 뭐요."

"유병삼 씨가 충동이질했다는데?"

은숙은 병삼의 진의를 알고 싶어 물었을 것이다.

"객쩍은 소리 하지도 말라시오. 어디 말뼉다귄지 내가 알 건
뭐요."

여자는 박영수가 전화를 끊었기 때문에 더 미친 듯 소리를
지르더라는 것이다.

"그놈의 새끼! 내가 생각한 것보다 더 쓸모없는 사내구면.
아, 내가 이상하다, 이상하다 생각했지. 내 몰래 집을 옮겨놓
고 전화 연락도 못 하게 팔아 치우고, 물론 새로 가설했겠지
만. 회사에 가니 손을 끊었다나. 개새끼! 서울 바닥에 살면서
나를 피할 줄 알았던가? 결혼식만 끝나면 되는 걸로 알았겠
지. 어림도 없다, 어림도 없어! 세상 사람들을 다 벙어리로 알
았던가? 이보시오. 나 이 결혼에 유감 없소. 내가 방해라도 놀
려고 온 줄 알았다간 엄청난 오해란 말이에요. 난 이제 그 작
자 거저 주어도 싫소. 다만 여자끼리 이런 얘기하는 것도 호의
로 받아두슈. 하여간 결혼 소문을 듣고 박영수를 잡았단 말예
요. 그자가 뭐래는 줄 알아요? 당신도 알다시피 지금 내 사업
은 엉망이란 말이야. 내가 미리 의논하지 않았던 것은 잘못이
지만 당신이 흥분하여 일을 저지르면 안 되겠단 말이야. 생각
해보라구, 그 여자 재산을 이용하는 기회를 놓친다면 당신도

나도 파멸이야, 우리는 애정으로 맺어졌지만 그쪽엔 일종의 정략결혼 아니냐 말이야, 남자를 출세시키려면 당신이 희생해 주어야겠고 결혼이라는 형식이 무슨 소용 있어? 사랑하느냐 안 하느냐가 문제지. 박가가 한 말이에요. 한마디라도 거짓이 있으면 내 혀를 빼지요. 여자의 마음이란 이상한 거예요. 나는 그 순간 약해졌어요. 박가는 그것으로 날 구워삶았다고 안심했겠죠. 그러나 밤에 생각하니 그게 아니었더란 말이요. 그것이 진실이었다면 왜 집은 옮기고 전화를 팔구, 회사하군 손을 끊었다고 했을까? 증서도 없이 내준 돈, 결혼하고 나면 어디서 받아내죠? 우리 같은 계집들의 정조는 서푼어치 안 된다 하더라도 피땀 나게 모은 돈은 받아야 하잖겠어요?”

이때까지 한마디 말이 없던 은경은 비로소 입을 떼더라는 것이다.

“당신이 돌아가는 문제는 매우 간단하군요. 나는 박영수 씨하고 결혼하지 않겠어요.”

그 말 한마디에 여자는 더 이상 말을 못 하더라는 것이다.

은숙은 다시 냉수를 들이켰다.

“그럼 아주 결연이군요.”

“결연이구 뭐구 있어요? 그만이지.”

“……”

“그따위 여자한테 행패 당한 것 생각하면 분해 죽겠어요. 하지만 박영수의 정체를 알았다는 것은 얼마나 다행이에요? 사실이 그렇고 보면 이 결혼 웃음거리 아니에요? 애당초부터 나이 혼담 맘에 들지 않았어요. 너무 혜옥일 믿은 거죠. 실상 믿어서 안 되는 일이었는데, 아 글쎄, 혜옥이 남편 보세요? 체면을 차릴 직위에 있으면서도 여자라면 사족을 못 쓰고, 요즘 들리는 말에 의하면 혜옥이 몰래 살림을 차린 여자가 있답니다. 그렇게 감시가 심한데도 말예요. 그런 남자의 동생이니 핏줄이 그런 모양이죠?"

병삼은 묵묵히 앉아 있었다.

"그건 그렇고 박영수 그 작자는 미스터 유를 왜 끌어내죠? 그것 나로선 납득이 가지 않아요."

궁금한 점은 바로 거기에 있는 것 같았다.

"오해한 거죠."

"그 여자에 관한 일 미스터 유는 알고 있었죠?"

아까 물어본 말을 다시 물었다.

"알고 있었습니다."

"알고 있으면서 한마디 귀띔도 안 해주는 것은 무슨 심보죠? 미스터 유는 우리 은경이 불행해지기를 바랐다는 건가요? 누님과의 우정을 생각해서라도 그럴 수는 없었을 텐데?"

은숙은 눈꼬리를 치키며 화를 냈다.

"너무 화내시지 마세요. 그렇게 말씀하시면 제 입장이 매우 난처합니다. 하긴 그 일을 안 것도 최근이었고, 설사 미리부터 알았다손 치더라도 저의 처지로는 말씀드릴 수 없는 일이죠."

"하지만 박영수의 말로는 미스터 유가 충동이질했을 거라구."

"그게 오해라는 거죠. 아니면 궁지에 몰리니깐 한 말인지도 모르고. 나는 그 여잘 모릅니다. 먼발치로 두 번인가 보았을 뿐입니다. 그러니 그 여자도 내가 누군지 모를 거구, 어떤 관련을 가졌는지 알 턱이 없죠. 그러나 사실은 내 자신 떳떳하지 못한 짓을 하나 저지르긴 했지요. 이렇게 된 마당에서 폭삭 녹은 것은 박영수 씬데 이러쿵저러쿵하는 것은 칼날이 부러진 적을 치는 격이어서 비겁한 느낌이 듭니다만 그 사람 똑똑한 것 같으면서 아주 얼뜬 구석이 있더구먼요."

병삼은 그간에 일어났던 일, 박영수를 은근히 협박하여 영화에 출자하게끔 한 일을 조용한 어조로 정직하게 털어놓았다.

은숙은 눈이 휘둥그레져서 병삼의 움직이는 입매만 바라보고 있었다. 내용은 은숙을 분개하게 하는 데 충분한 것이었지만 그 내용을 전달하는 병삼의 태도가 너무 의젓하여 은숙은 나쁜 일이었는지 그렇지 않은 일인지 분간할 수 없었고 혼란을 느낀다. 그러나 한편 요정 마담의 이야기를 들을 것 같으면 자기네들을 농락한 것밖에 더 생각할 수 없는 박영수에게 골탕을 먹이고 금전적인 손해를 입힌 병삼의 행동이 통쾌한 것도 같았다.

"내가 얼뜨다고 생각한 것은 그가 출자를 거절하였더라도 그의 혼인을 방해하지 않을 유병삼을 모르고 있었다는 그 점이죠."

"그, 그렇다면 박영수에겐 의리를 지키고 우리에겐 그러지 못하는 이유가 뭐예요!"

뭔지 분간되지 않은 채, 그러나 은근히 통쾌감을 맛보고 있던 은숙은 다시 화가 나서 언성을 높였다.

"그렇게 생각하시면 안 되죠. 고의적이었다고 생각하신다면 그건 오햅니다. 나로서는 박영수 씨한테 지켜야 할 의리는 없습니다. 그 사람 내 친구는 아니니까요. 그리고 의리니 뭐니 하는 것도 나는 우습게 보죠. 요즘같이 바쁜 세상에 전 시대적인 의리라는 게 있나요? 이해관계를 그런 식으로 미화했을 뿐이지. 빤히 들여다보이는 이해타산, 그거라면 의리라는 사탕발림으로 주는 것도 받는 것도 싫습니다. 바늘귀 떨어진 것만 한 정이라도 그것이 정이라면 받아도 좋고 얼마든지 주어도 좋죠. 이것은 여담이구요. 아무튼 박영수 씨에 대한 문제는 남의 일인 만큼 주제넘게 감 놔라 배 놔라 할 순 없죠. 안 그렇습니까? 더군다나 혼인 문제에 장가도 안 간 젊은 놈이 주둥이 디밀게 생겼어요? 요정 마담과 친숙한 것쯤은 중년 남자치고 흔히 있을 수 있는 일이며 그의 속셈이 나변에 있는가, 그것은 어디까지나 혼자 추측해보는 것에 그칠 일이지 제삼자로서 말할 성질은 아니잖습니까? 하물며 내 처지로서는 곤란한 얘기죠. 생각해보십시오. 박영수 씨도 말했다지만 내가 은경 씰 놓

188

치고 배가 아파서 어쩌구저쩌구, 그렇게 되면 내 꼴이 말이 아니죠."

들고 보니 그럴싸했다.

"하지만 너무, 그건 너무 이기적이에요."

은숙은 별안간 외로워졌던지 혼잣말처럼 뇌더니 눈에 눈물이 글썽 돌았다.

"망할 놈의 계집애, 남들은 미국 가서 결혼들 하구 애까지 낳아서 돌아오는데 바보처럼 뭘 하구 왔어? 학위를 딸려구 남자 사귈 시간이 없었다는 거야? 하라는 거는 안 하구 엉뚱하게 바느질쟁이가 되어 실망을 주더니 끝내 내 속만 썩이는군. 정말 이게 무슨 창피냐 말이야. 시가 보기도 민망하구 애아빠한테도 결혼식까지는 여행 끝내고 돌아오셔야 한다고 편지까지 띄웠는데. 재수가 없으려니까 요즘엔 하는 일마다 뒤틀리기만 하구."

원망이 은경에게로 돌아왔다. 그리고 재수 없는 일에는 사이디스 씨가 그의 딸을 미국으로 데리고 가주지 않았던 일도 물론 포함이 되었을 것이다.

은숙은 속이 상해서 한참 푸념을 하다가 무슨 생각이 났던지 병삼의 안색을 슬그머니 살폈다.

"미스터 유."

"네."

"미스터 유한테 이런 푸념 해봤던들 무슨 소용 있겠어요?"

갑자기 말을 돌리기가 거북하였던지, 그래놓고는 공간을 두다가,

"그보다 미스터 유의 학교 문제는 어떻게 됐어요?"

"학교 문제라요?"

"다른 데 어디 강좌를 얻었느냐 말예요."

"아뇨."

"홍재철 씨 만나보시지 않았어요?"

"그날 노발대발하셨는데 파리 갔다 온 게 죄가 되어 그 국수주의자를 찾아뵙지 못했죠."

비로소 은숙은 픽 하고 웃었다.

"사람은 괜찮은 편인데, 때가 덜 빠져서…… 다음 날 찾아와서 싹싹 빌었어요. 그러면…… 학교가 시원찮지만 오실 의향이 있음 나 압력 넣어볼게요."

아주 부드러운 목소리였다.

은숙은 박영수와 은경의 혼담이 있기 이전부터 은경의 마음이 병삼에게 있는 것을 눈치채고 있었다. 그리고 그 자신도 어느 모로 보나 박영수보다 병삼이 낫다고 생각했던 것이다. 허우대는 박영수 편이 허여멀쑥하고 좋았으나 무엇보다 재혼이라는 결함이 있었고 은숙 자신의 남편이 사업가인데도 파리유학에다 대학의 강사, 그리고 신문에 이름이 간간이 나는 병삼을 사업가인 박영수보다 높이 평가하고 있었다. 황금만능을 신봉하지 않는 바는 아니지만, 병삼이 소속한 분야가 예술

인지 학술인지 그것을 따질 것은 없고 아무튼 정신적 귀족쯤 으로 간주하고 있는 은숙으로서 병삼이 자기 집안의 인척으 로 덧붙여지는 것은 환영할 만한 일이었던 것이다. 그것이 선 진국을 닮아가는 경향인지 백만 원짜리 장을 사들이는 취미와 통하는 것인지 알 수 없으나 은숙은 은경이 못지않게 병삼의 청혼을 은근히 기대하고 있었던 것이다.

그럼에도 불구하고 박영수에게 낙착을 본 것은 순전히 황금 만능사상이 빚은 은숙의 자존심 탓이다. 은경은 솔직하게 병 삼이 자기를 좋아하지 않나 보다 하며 체념한 것이지만, 은숙 은 고개 숙이고 청혼해오지 않는데 구태여 이쪽에서 데려가 달라 하긴 싫다는 거고, 게다가 어딘지 모르게 달가워하지 않 는 듯, 때론 조롱적 언사와 그런 태도를 비치는 병삼에 감정이 좋을 리도 없다.

'어디 너 아니면 우리 은경이 시집갈 데 없을까 봐서? 은경 이 노처녀라면 너는 노총각 아니냐? 어디 홀애비로 늙어보 아라.'

하는 기분이 박영수와의 혼담을 미는 힘이 되었던 것이다. 그 러나 지금 이 처지에 자존심으로 뻗칠 수만 없었고 파혼의 상 처를 아물게 해야 한다는 초조함에 사로잡히지 않을 수 없었 다. 전화에서 박영수가 은경 씰 놓치고 배가 아파서 어쩌고 할 때 실상 은숙은 기분이 매우 좋았다. 복수한 셈이고 한편 박영 수와의 파혼 따위는 걱정 안 해도 좋았으니까. 그러나 막상 만나서 얘기해본 결과는 희미하여 심증을 잡을 수 없으니.

은숙의 제안에,

"감사합니다."

병삼은 고개부터 숙이고 나서,

"속담에 꿩 먹고 알 먹는다는 말이 있죠."

"……."

"박영수 씰 등쳐 먹고, 하긴 내가 먹은 것도 아니구 친구가 먹는 것도 아니구 먹기로는 원작자, 배우, 시나리오 라이터가 먹었습니다만 그것은 예술 사업을 할 듯 할 듯 꼬리를 내보인 박영수 씨 자신에게 죄가 있죠. 그러나 결과를 봐서 내가 먹은 거나 다름이 없고, 그런데다 박영수 씨가 떨려 나간 이쪽에 빌붙어 취직을 한다면 꿩 먹고 알 먹는 얌체가 될 수밖에 없지 않습니까? 그만두겠습니다."

"역시 우리 편은 되기 싫다는 얘기구먼요."

은숙의 실망하는 꼴이 눈에 띄게 나타났다.

"아무 편도 되기 싫습니다. 지금 생각엔 장사나 해볼까 싶습니다."

"장사?"

"그럼 장사 말입니다. 배운 도둑질이라서."

"화상 말인가요?"

"네, 이번에 박영수 씰 다루어보고 나서 나에게도 상당한 상술이 있겠구나 깨달은 거죠."

"여기서 그림 장사가 되나요? 안 될 거예요."

은숙은 거의 필사적으로 말했다.

'사업가보다 장사꾼은 훨씬 떨어진다!'

눈이 그런 안타까움을 울부짖고 있는 것 같았다. 떡 줄 생각 없는데 김칫국부터 마신다더니, 은숙은 인척 관계를 맺는 이상 병삼은 대학의 강사에서 교수가 되어야 하고, 화가로든 미술평론가로든 신문에 이름이 자주 나야 하고, 결코 장사꾼이어서는 안 되겠기 때문이다. 사업이나 장사나 다를 것이 없겠는데 은숙의 경우, 점포에서 손님을 응대하는 것은 생각만 해도 싫었다. 결국 점포와 사무실의 차이다.

"안 되는 것 되게 해보죠. 원래 우리 조상님은 광대에다 엿장수였거든요. 성공은 장사 덕분이었고. 그놈의 장사로 푼푼이 쌓아 올린 재산을 지금까지 쓸데없는 곳에 쏟아온 셈이죠. 오산한 거죠. 나는 우리 조상님으로부터 광대기의 피를 더 많이 받은 줄 알았어요. 그래 뭐가 되겠다 싶었는데 그게 아니더란 말입니다. 역시 셈에 빠른 피가 더 많이 흐르고 있었던 것을 억류해온 거죠. 개천에 용이 나진 않았어요, 결국은."

은숙의 재빠른 계산, 결코 현실을 거역하지 않는 약삭빠름, 하찮은 것이라도 목적을 정하기만 하면 그것을 위해 언제든지 버릴 수 있는 가짜배기 자존심, 그런 것에 말뚝을 들이박듯 병삼은 말했다. 그러면서 남에게, 특히 은숙에게 조상 얘기를 하고 있는 사실을 유 여사가 안다면 아마 기절했을지 모른다는

생각을 하며 병삼은 심술궂은 미소를 머금었다. 어이없이 바라보던 은숙은,

"미스터 유는 정말 입이 나빠 탈이야. 조상님을 그리 모욕하는 법이 어디 있어요?"

더 이상 번지지 않게 말을 막았으나 은숙은 자기 조상님에 대해서도 알쏭달쏭하여 공연히 고백을 들어주는 공범자 같은 심리에 빠지는 것이었다.

은숙의 말은 병삼의 심사를 한층 자극했다.

"진실이 모욕이 되는 세상이죠. 뭐 오늘날만이 그렇다는 것은 아닙니다. 가랑이가 찢어져도 황새를 따라갈려는 뱁새의 비극은 바로 그것이 희극이라는 데 있죠. 재능이 없으면서 천재가 되어보겠다고 파리까지 비싼 여비 쓰고 갔다 온 놈을 위시하여 돈푼이나 긁어모은 상놈이 어느 명문 호적에 기재된 이름 석 자밖엔 가진 것 없는 거지 처녀를 비단에 싸서 데려오는 위인, 졸업장 한 장 우물쭈물 얻어둔 덕택으로 학자 행세하게 된 인사, 남의 재산을 계산하고 장래의 대재벌을 꿈꾸는 사람, 사업가 호주머니 털어서 여자나 끼고 다니며 백성을 다스리는 정치를 넘보는 건달이, 남들은 천 미터 지점을 통과하고 있는데 겨우 백 미터 지점에서 허둥지둥 뛰면서 사랑의 순결을, 사회의 정의를 목마르게 외치는 전 시대적인 친구, 어디 그뿐인가요? 용모도 연기도 신통치 않은 계집애가 정조만 제공하면 황홀한 스타의 자리를 차지할 것으로 생각하고, 사십

을 넘은 황혼의 미모로써 폐비廢妃 소라야의 호사를 바라보고, 한밑천으로 사내 발목을 묶어놓으면 어부인으로 승격을 믿어 마지않는 요정의 마담, 그리고 또오…… 많죠. 생략하기로 합시다. 나는 항상 말이 헤퍼서 탈이죠.”

병삼은 이야기를 확 뒤엎어놓고 씩 웃는다.

재주가 없으면서 천재가 되겠다고 파리까지 갔었다는 자신, 유병삼을 위시하여 각색을 한 유 여사, 홍재철 씨, 박영수, 혜옥의 남편 차영호 씨, 양두연, 안가는 빠지고 강순미, 윤이, 낙산의 마담—차마 본인을 눈앞에 두고 물을 끼얹을 수 없는 일이니 은숙 자매는 빠지고—간접이든 직접이든 등장한 거의 모든 인물에게 조롱을 퍼붓고 병삼은 자리에서 일어섰다.

‘미친 지랄했다.’

거리에 나오자 병삼은 손수건을 꺼내어 침을 칵 뱉었다.

그리고 십 일 가까이, 시간은 지나갔다. 그동안 터져버린 사건들은 그 결말을 향해 서서히 움직이고 있었다. 박영수와 낙산 마담 사이에 어떤 타협점을 발견하였는지 그것은 거리가 멀어 알 길이 없고 양두연은 원작자와의 계약서와 주연급 배우와 시나리오 라이터 사이에 오고 간 서류 일체를 박영수에게 넘겨준 뒤 낙향을 서두르고 있었던 것이다.

화창한 날씨였다. 장마철에 접어들어 그동안 비가 질금질금 내리더니 활짝 갠 하늘은 시원하게 틔어 모처럼 병삼의 기분은 상쾌하였다. 창문을 열어놓고 늘어지게 기지개를 켠 뒤,

"흠, 오늘은 보내고 맞이할 판인데? 공교롭지만 하여간 먼저 보내놓고 맞이하고, 그럴려면 바쁘겠다."

그러는데 마침 전화벨이 울렸다. 매형이었다.

"나 오늘 정말 불가피한 일이 있어 비행장에 못 나가겠는데 어떻게 하겠어?"

"나는 가기로 했습니다. 차나 보내주십시오."

"그러지. 어딜 보낼까?"

"밖에 나가서 전화 올리죠."

전화를 끊고 시계를 본 병삼은 밖을 향해,

"조반 빨리 주시우!"

하고 세수와 면도를 서둘러 끝낸다. 옷을 갈아입었을 때 할멈이 계란 반숙과 빵을 구워 받쳐 왔다. 병삼은 끓여놓은 커피와 함께 그것을 후딱후딱 먹어치운 뒤 양두연이 기다리고 있을 다방으로 향했다.

양두연은 평소와 다름없는 옷차림에 큼지막한 여행용 가방 하나를 옆에 놓고 기다리고 있었다. 덩치가 큰데 묘하게 그 모습은 처량해 보였다.

"고별주나 하자."

병삼은 두연의 등을 밀고 밖으로 나왔다. 간밤에 함께 술을 마셨건만 점심을 하기에는 어중간한 시간이어서 애초부터 병삼은 술을 마실 것을 생각하고 집을 나섰던 것이다.

"대낮부터 무슨 놈의 술이야?"

두연은 주저주저하며 말했다. 떠나는 마당에 두연은 새삼스럽게 병삼에게 많은 부채를 남겨둔 것을 생각했던 것이다. 이십만 원의 빚은 공연 한 번 못 가져보고 극회원은 산지사방으로 흩어진 채, 순미 때문에 환장한 두연은 거리에, 술에, 최근에 와서는 순미의 의상비로 한 푼 없이 날려버리고 말았던 것이다.

맥주홀로 들어간 병삼은 우선 매형에게 전화를 걸어 열한시 반경 차를 보내달라고 이른 뒤 자리로 왔다.

"자네는 발자크의 뤼시앙보담은 낫네. 하녀로부터 이십 프랑을 받아 낙향하는 그보담 말이야. 가거든 농장주나 되어라."

병삼은 발자크의 『사라진 환상』의 주인공을 들추며 슬그머니 위로했으나 순미의 이름은 입 밖에 내지도 않았다.

끝내 양두연도 순미에 관한 이야기는 하지 않았다. 다만 맥주를 붓고 마시고 할 뿐이었다.

"자네는 농부가 되구, 나는 장사꾼이 된다. 등 따습고 배부르고, 도둑질 안 해도 살 수 있지. 다만 억울한 것은 왜 우회곡절 했느냐 그거다."

하다가 병삼이 껄껄 웃으며,

"그것 다 지랄 같은 소리고, 패배를 자인하자. 그런 뜻에서 건배!"

그는 맥주잔을 두연의 잔에 부딪쳐 왔다. 그리고 다시,

"인구는 오늘도 내일도 늘어만 가는데 우리는 얼마만 한 자

리를 차지하고 있는 것일까."

마침 운전사가 맥주홀 안으로 들어왔다.

"음, 거기서 기다려요."

병삼은 저만큼 떨어진 좌석을 가리켰다. 그리고 웨이트리스를 불러 맥주를 갖다주라고 이른다.

"나 겨울에나 한번 놀러 가지."

그러자 두연은 화를 발칵 내었다.

"내가 뭐 아주 가는 줄 아나?"

"그럼 다행이구."

침묵이 한동안 계속되었다. 두연은 맥주를 마시고 입언저리를 닦았다.

"아주 가는 거지. 그렇다 치더라도 올라오라는 말 한마디 왜 못해?"

울분에 찬 목소리가 떨려 나왔다. 그 말에 대해서 병삼은 슬그머니 외면을 했다.

운전사가 와서 시간 늦겠다고 재촉할 때까지 그들은 우울하게 말을 끊고 있었다.

"정말 늦겠군."

병삼이 시계를 보며 말했다. 운전사 역시 맥주 맛에 잠시 마음을 놓았던지, 두연에게 지장은 없었으나 비행장까지는 한달음 칠 판이었다. 두연을 역까지 데려다주고 차가 떠나려 할 때 마지막으로 두연은 미안하다는 말을 한마디 했다.

"빌어먹을!"

병삼은 외치듯 말한 뒤,

"빨리 비행장으로, 늦겠는걸."

하고 운전사에게 말했다.

비행장에 닿았을 때 사방은 한산했고 약이 오를 대로 올라 험악해진 유 여사의 얼굴과 금세 마주쳤다. 병삼은 유 여사에게로 쫓아갔다.

"차가 고장 나서 애먹었습니다."

"그 양반은 뭘 하느라고 안 나왔어!"

"불가피한 일 땜에."

병삼은 그저 고분고분한다.

유 여사의 표정은 좀 풀어지듯 했으나 안색이 아주 좋지 않았다.

"어서 가세요. 차 안에서 얘기하죠."

병삼과 운전사는 짐을 받아 차 안으로 날랐다. 그리고 병삼은 유 여사를 떠받들듯 차 안에 올려주고 자신도 유 여사 옆에 앉았다. 차가 떠나자,

"모두들 사정들이 복잡해서 누님 오시는 것 일부러 알리지 않았어요."

"무슨 사정들이 그렇게 복잡해?"

퉁명스럽게 물었다.

"은경 씨가 박영수 그 양반하고 파혼해서 야단이 났고, 혜옥

인가 그 양반은 차영호 씨의 여자관계 때문에 정신이 없는 모양이구, 윤이 씨를 말할 것 같으면 누님이 환영 안 하는 인물이어서 비행장에 나오랄 수도 없지 않습니까?"

얼렁뚱땅 적당히 꾸며대는데,

"듣기 싫어!"

"누님 소원대로 됐으니 화내시지 마세요. 아 글쎄, 이 아름다운 금수강산인 내 땅에 돌아오셔서 화내시면 안 됩니다."

유 여사는 쓴웃음을 띠었다. 늦게 닿아 유 여사를 노하게 한 것쯤, 마음 쓰려고 하지도 않고 몇 잔 마신 맥주에 기분이 좋았던 운전수도 차를 몰면서 씩 웃었다.

"하긴 집에만 알렸으니 비행장이 쓸쓸할밖에."

운전수 보기 체면이 아니라 생각한 유 여사, 말로는 그랬으나 속은 부글부글 끓고 있었다. 얼마 동안은 한국을 떠난 사이에 자신이 펴놓은 세력의 분포에 큰 변화가 온 듯한 착각마저 들어,

'흥, 복잡했음 얼마나 복잡했을라구, 그래 왔는가, 언제 오는가 전화 한 번 못한단 말이야? 자가용 있겠다, 나오려고 마음만 먹으면 왜 못 나와? ××회만 해도 그렇지. 나 혼자 예정 일자보다 늦어졌기로서니 개미 한 마리 얼씬 않고, 영감도 그렇지. 발등에 불 떨어지는 일이라도 있었단 말이야? 재수가 없으려니까 별놈의 꼴을 다 겪고.'

유 여사는 옆에서 지껄이고 있는 병삼의 말은 하나도 귀에

들어오지 않았다.

차가 남대문을 지나려 했을 때 별안간 하늘이 푹 내려앉고 사방이 캄캄해 오더니 우박 같은 소나기가 떨어졌다.

"어때요? 일본은."

병삼이 물었다.

"그저 그렇지 뭐. 각계의 사람도 만나노라고 정신없었어. 환영회도 베풀어주더라만."

유 여사는 건성으로 대꾸했다.

집에 도착했다. 유 여사는 반가워하는 식모와 순이에게 알은체만 하고 급히 안방으로 들어갔다.

"내 집이 제일이구면."

유 여사는 퍼질러 앉으며 말했으나 피곤한 탓인지 기운이 없어 보였다.

"목욕물 끓어요. 선생님, 목욕하세요."

순이가 와서 말했다.

"나중에."

하고 유 여사는 손짓으로 가라 했다.

"이 애."

불러놓고 유 여사는 무릎을 세우더니 무릎 위에 두 팔을 얹어 턱을 괴며 병삼을 쳐다보았다.

"왜요?"

"큰일 났어."

"……."

"내가 말이야."

"……."

"한 캐럿짜리 다이아를 그만."

"잃었어요?"

"그만…… 삼켰지 뭐니."

"뭐라구요?"

"글쎄, 눈에 띄는 것도 아니구 해서 처음엔 핸드백 속에 넣었단 말이야."

"그래서요?"

"그랬는데 어쩐지 불안해지더란 말이야. 내 체면도 있구, 개인으로 간 여행도 아닌데 세관에서 그것 보구 이러쿵저러쿵하면 창피스럽단 말이야. 비행장에 내리기 전에 순간적으로 그것을 입에 넣었지 뭐니? 세관에서 말하다가, 그만…… 좀 당황하긴 했지만."

"삼켰다 말씀이군요."

유 여사는 멋쩍게 웃으며 고개를 끄덕였다. 병삼은 뱃가죽이 후들후들하는 것을 느낀 순간,

"하하핫, 하하하핫, 하하……."

웃음을 터뜨리고 말았다.

"미쳤니? 남은 속이 상해 죽겠는데."

'미치긴 누가 미쳤는데?'

병삼은 들린 것처럼 웃다가 웃다가 겨우겨우 가라앉힌 뒤,

"걱정 마세요. 속상할 것도 없거니와 배 속에 있는 게 어디 가겠어요?"

병삼은 일부러 달래는 체했고, 유 여사는 어리광 피우듯 속상하다 했다. 이 어설픈 오누이 간의 연기는 오래가면 싸움이 될 것이고, 병삼은 유 여사가 자리에 다리를 뻗는 것을 보자 순이에게서 우산을 얻어 거리로 빠져나왔다. 비는 소나기에서 가랑비로 주저앉아 사방은 안개가 서린 듯 뿌옇게 보였다.

'거기나 가서 한 번 더 검토해보자.'

병삼은 합승을 탔다. 합승에 흔들리면서 병삼은 뱃가죽이 후들후들 흔들리면서 웃음의 발작이 엄습해오는 것을 참느라고 땀을 뺐다. 누님 집 안방이 아닌 합승 속에서 배를 잡고 웃는다면 청량리로 가야 할 판이기에.

S동 가까이에서 병삼이 내렸을 때 바로 눈앞에 푸른색 레인코트에 검정 우산을 든 은경이 가고 있었다.

"은경 씨."

은경이 고개를 돌렸다. 그는 인사 대신 슬그머니 웃었다.

"어디 가십니까?"

"그냥 나왔어요. 선생님은요? 바쁘세요?"

"아니, 점포 자리를 보러 가는 길입니다."

장사꾼 투를 내며 말했다. 은숙에게 이야기를 들었던지,

"네…… 저도 어디 시내로 나와볼까 생각 중인데 장소는 넓

어요?"

"넓은 편이죠. 어느 화가가 소개해준 건데, 참 이 층에도 내놓은 방이 하나 있다더군요. 가보시겠어요?"

"글쎄…… 가볼까요?"

병삼은 박영수의 건도 있고 하여 본인인 은경에게는 좀 미안한 마음이 들었다. 샐쭉하니 군다면 그렇지도 않았겠는데 은경은 전과 다름없이 감정의 기복을 나타내지 않았다.

"계약은 하셨어요?"

"한 번 더 보구 결정하려구요."

그들은 큰길을 꺾어 들어갔다. 건물은 수리 중이었다. 병삼은 은경에게 이 층 내놓았다는 방을 먼저 구경시켜주고 미장이가 회칠을 하고 있는 아래층, 병삼이 화상으로 자리 잡을 곳으로 데리고 내려왔다.

"여긴 괜찮군요. 이 층은 어떨는지…… 집에서 일을 하니까 생활의 구분을 지을 수 없어서 짜증이 날 때가 있어요."

은경은 이 층에 대해서는 찜찜해하는 눈치였다. 병삼은 시멘트 바닥에 책상다리를 하고 앉아서 담배를 붙여 문다.

"은경 씨."

"네?"

"다이아몬드를 삼켰을 때 그것 어떻게 찾아내죠?"

"글쎄요. 사람의 경우엔……."

하다가 웃는다.

"중국집에서 우동을 먹다가 흑진주를 얻은 친구가 있었다는 데 다이아몬드는 어떤 사람이 횡재를 할까."

"오리가 삼켰음 간단했겠는데……."

하다가 은경은 얼굴을 붉히며 깔깔 웃었다.

"옛날 제사장같이 수염이 근사했던 그 오물차의 마부가 횡 잴 했음 좋겠는데 그렇게는 되지 않을 거구, 과연 위 속에 든 다이아몬드를 어떤 방법으로 끄집어낼는지……."

"애기가 삼켰음 좀 간단했을 텐데……."

"그렇군요. 삼키기야 어른이 삼켰지만 어린애가 돼랄 수밖에 없겠군요."

두 사람은 동시에 웃음을 터뜨렸다.

가랑비는 여전히 내리고 있었다.

"차나 마실까요?"

병삼은 담배를 눌러 끄고 일어섰다.

작품 해설

희극과 비극 사이,
욕망의 무한루프

최유희(중앙대학교 교양대학 부교수)

"삶은 가까이서 보면 비극이지만, 멀리서 보면 희극이다(Life is a tragedy when seen in close‒up, but a comedy in long‒shot)."

채플린의 이 말처럼, 인생은 희비극이다. 멀리서 보면 희극이지만 가까이에서 들여다보면 우리 모두는 비극의 주인공들이다. 박경리가 1967년 6월 16일부터 9월 16일까지 《중앙일보》에 연재한 『뱁새족』 역시 한 발 떨어져서 보면 희극이지만 가까이에서 들여다보면 비극인 우리네 삶의 모습이 녹아 있다. 그런데 마냥 비극으로 보기에는 박경리의 위트와 유머의 차원이 만만치가 않다. 비극과 희극, 그 사이에서 욕망의 무한루프를 연출하고 있는 『뱁새족』이 오늘날 우리에게 건네는 말은 무엇일까?

이 소설은 '유병삼'이라는 인물의 렌즈로 1960년대 상류층의 세태를 그려낸다. 유병삼은 예술을 사랑하나 처세에는 능하지 않다. 그는 프랑스에서 미술 유학을 하고 S대학에서 미술 강의를 하고 있다. 그런데 그가 부잣집에 그림을 감정하러 갔다가 만난 여학생이 자기 수업에 들어오자, 자신이 엉터리 그림장수 짓을 한 것이 부끄러워 강사 자리를 그만둔다. 그는 스스로 '재능도 없이 천재가 되겠다'고 유학을 감행했음을 인지하고 있고, '대학에서 강의를 하고 신문지상에 평론을 발표하며 문화인 행세'를 하지만 정작 자신의 삶에 만족하지 못한다. 자신의 삶마저 조롱하고 신랄하게 바라보는 그이기에 타인의 삶에도 명민하게 날카로운 렌즈를 들이댄다. 유병삼이라는 렌즈가『뱁새족』에서는 비극을 희극으로 그리는 바로미터이다.

우리의 화장법

사회생활을 위해서는 누구나 화장이 필요한 법이다. 그래서 저마다 자신의 화장법이 있다. 유병삼은 누이 '유신애'의 속물성을 회벽칠에 비유한다.

> "남의 앞에서 화장 안 하는 사람이 어디 있습니까? 하지만 귀부인이고저 하고, 여류 명사이고저 하고, 청렴결백한 인격자이고자 하

는 그 화장이 너무 짙어서 회벽이 되었다면, 그건 흉물이지 어디 미인이라 할 수 있겠어요?" (22쪽)

유병삼은 물장사 등을 하여 재산을 모은 누이가 귀족계급이 되려 발버둥 치는 것을 못마땅해한다. 그래서 가장 가까운 누이 유신애의 처세를 유병삼은 회벽칠의 화장법으로 표현한다. 이렇게 유병삼은 누이의 처세와 욕망을 못마땅해한다. 그러나 정작 자신은 친구 '양두연'의 극단 운영 기금 마련을 위해 돈 이십만 원을 빌려달라고 하는 등 유신애에게 기대고 있다. 과하다 싶게 누이를 조롱하면서도 정작 자신은 누이가 마련해놓은 기반 위에서 생활하는 모순을 보인다.

허세와 위선

유병삼은 주변인들에게도 마찬가지 잣대를 들이댄다. 친구 양두연이 극단 운영에 어려움을 겪던 당시 1960년대 문화인들은 영화산업의 부흥기를 맞아 모두가 영화제작에 눈을 돌리고 있었다. 유병삼은 이를 두고 "모두가 허기가 들어서 저러는 거다. 눈앞에서 황금덩이가 번쩍번쩍하는데 구경만 하고 있으려니까, 답답하고 조갈증이 나서 저러는 거다. 욕망 무한, 실로 욕망 무한이로다"(90쪽)라며 한탄한다. 그런데 말은 이렇게 하면서도 정작 그 자신도 양두연에게 영화사업 대열에 뛰어들 것을 추천한다. 양두연에게 "여편네들의 손수건이 흠뻑 젖는 그런 영화"(152쪽)를 만들라고 제안하며 자신은 화상이나 되겠다고 말한다. 자기 삶의 목표인 예술가로서의 삶이 부질없음을 한탄하는 동시에 자본을 좇는 대열에 뛰어들겠다는 의지를 내보인다. 그리고 이러한 자신의 모습에 스스로 탄식하며 조롱을 보탠다.

> "속물들이 우글우글하는군, 화가 나서 못 살겠다. 악을, 악을 써봤으면 좋겠다. 너는 뭐냐! 맞았소이다. 나도 속물이요. 그러니 화가 난다는 거지." (74쪽)

유병삼은 양두연의 영화사업에 '박영수'라는 인물도 끌어들인다. 박영수는 출세를 위해 자존심마저 버리는 처세에 능한 인물이다. 그는 학생회장 출신으로 욕망을 위해 정략결혼도 마다하지 않는다. 그렇게 얻은 첫 번째 부인을 상처한 후 두 번째 결혼에서도 부유한 은경과 결혼하여 한몫 단단히 잡으려는 야망에 들떠 있다. 유병삼은 박영수가 요정 '낙산'의 마담과의 관계가 예사롭지 않음을 확인한 후, 이것을 빌미로 양두연의 영화사업에 출자하라고 요구한다. 그러나 박영수가 은경에게 구애하여 결혼에 성공하려는 찰나 마담과의 관계가 탄로나는 바람에 박영수의 계획은 무산된다. 박영수도 또 한 사람의 뱁새족이다.

객실풍경客室風景

　유신애는 유병삼을 은숙의 집 파티에 데려간다. 동생 병삼을 사립대학의 전임으로 앉히고자 청탁을 할 심산이다. 부잣집인 은숙의 집을 방문했을 때 유병삼은 집 안 인테리어가 달라진 것을 발견한다. 은숙의 집에 삼종의 신기인 텔레비전과 냉장고, 피아노가 있었기 때문이다. '삼종신기'는 당시 일본에서 중류 이상에서 계층 상승을 꿈꾸는 사람들이 선망하던 소비 제품을 말한다. 삼종신기는 세탁기, 텔레비전, 냉장고 세 가지 전자제품을 가리킨다. 가전제품이 많이 보급되지 않은 당시 한국 상황에서는 이 제품들이 상류층임을 말해주는 필수품이었던 셈이다. 그런데 소설에서는 세탁기 대신 피아노로 대체해서 삼종신기로 표현한다. 은숙의 집이 상류층의 교양 있는 집임을 드러내는 도구로 삼종신기가 사용되고 있다. 장 보드리야르가 『소비의 사회』를 출판한 연도가 1970년이다. 2차 대전 이후 급격한 자본주의화와 소비 상품의 증가는 프랑스, 일본뿐 아니라 대한민국에서도 그 위력을 확대하고 있었음을 보여주는 장면이다.
　삼종신기뿐만 아니라, 당대 세태를 보여주는 예가 또 있다.

바로 '미니컷'이다. "식모까지 미니컷" 하는 세태를 두고 은숙은 '외국에서는 유행이라는 게 상류층을 돌다가 사라지는데 우리는 하류층까지 유행이 급속도로 번진다'며 상하류 할 것 없이 모두가 유행을 좇는 행태를 지적하고 있다. 유신애가 이를 "뱁새가 황새 따라갈려면 가랑이가 찢어진다잖어"(107쪽)라는 말로 응수한다. 이 소설의 제목인 '뱁새족'이 바로 여기에서 나온다. 그런데 정작 유신애 자신도 귀족 가문 행세하느라 가랑이가 찢어지는 상황을 연출한다. 동생 교수 만들기 작전도 그중 하나다.

모두가 뱁새족

은숙의 집에서 열린 파티에는 지방 사립대인 M대학 교무처장 홍재철도 참석한다. 유신애는 동생 유병삼을 M대학에 전임교수로 청탁하려고 한다. 그런데 홍재철은 학교는 삼류지만, 삼류대를 발판 삼아 앞으로 더 나은 곳으로 옮기려는 전임 지원자가 넘쳐나는 상황이라며 유병삼의 교수 자리 확약을 회피한다. 박경리는 홍재철을 통해서 당대 지식인도 뱁새족의 처지임을 말하고 있다. 홍재철은 상류층의 파티 현장에서 은근히 자신의 권력을 뽐내려고 한다. 하지만 그 또한 뱁새족이다. 그는 국내에서 학위를 받은 사람이라서 미국인 피아니스트와 파리 유학을 한 유병삼 등의 학력에 밀려 말발이 서지 않는다. 은숙의 동생 은경이 담배 피우는 것을 홍재철이 못마땅해하자, 은경은 홍재철에게 책을 원서로 읽는지, 일본어로 읽는지를 질문하여 홍재철의 외국 경험 없음을 비꼰다. 지식인의 속물성을 비판하며 또 한 명의 뱁새족을 그려내고 있다.

사실 등장인물 모두가 뱁새족이다. 작가는 '재능도 없이 천재가 되려던 유병삼, 졸업장 한 장으로 학자 행세하는 홍재철, 남의 재산으로 대재벌을 꿈꾸는 박영수, 백성을 위한 정치를 하겠다면서 여자나 끼고 다니는 건달 차영호, 사랑의 순결과 사회정의를 외치나 너무 비현실적인 양두연, 정조를 무기로 스타의 자리를 꿈꾸는 강순미, 미모를 무기로 삶의 밑천을 잡아보려는 김윤이, 돈으로 어부인이 되려는 요정 낙산의 마담' 등을 내세워 우리 모두가 뱁새족임을 선언한다.

시야협착의 숙명

양두연의 애인 순미는 양두연을 배신하고 영화감독 최대식을 따라나섰다가 최대식에게 버림받는다. 양두연이 그런 순미를 못 잊어 하자, "섣부른 낭만일랑 집어치워. 낭만도 아니구 신파야. 나쁜 년한텐 속 시원히 욕을 해주는 거지"(82쪽)라며, 유병삼이 양두연에게 일갈한다. 하지만 양두연은 낭만을 놓지 못한다. 결국 최대식에게 순미가 버림받자, 이들은 '시야협착'이라는 심리학 용어로 그녀를 평한다. 시야협착은 '특정 선택 요소만 의식하다가 다른 상황이나 가능성을 고려하지 못하는 상태'이다. 이 소설에서 그려지는 모두는 욕망의 굴레에서 벗어나지 못한다. 욕망이 시야협착을 동반하기 때문이다. 순미의 시야협착이 대표적이지만, 뱁새족에서는 모두가 시야협착 상태이다.

유병삼의 누이 유신애도 그렇다. 소설 마지막 부분에서 유신애는 일본 여행에서 다이아몬드를 밀수해서 한국으로 돌아온다. 그런데 세관에 걸리지 않으려고 다이아몬드를 삼켜버린다. 화려한 상류층으로 편입하려는 욕망이 다이아몬드를 사게는 했으나, 세금을 따라잡지 못하는 뱁새의 걸음을, 시야협착을 보여준다.

예술가의 눈으로

양두연은 영화사업을 조금씩 진행한다. 그런데 정작 박영수의 속셈을 알아차린 은경이 박영수와의 혼담을 깨서 양두연이 진행하던 영화사업이 엎어진다. 결국 양두연은 낙향하고 유병삼은 그림 장사를 할 것을 결심한다. 유병삼이 우연히 길에서 의상실 자리를 알아보던 은경과 만나서 함께 화상 자리를 알아보는 것으로 이 이야기는 끝난다.

　이 작품에서 주목해야 하는 부분은 유병삼의 렌즈이다. 유병삼은 화가로서의 미래를 꿈꾸며 유학을 선택했다. 만약 유병삼이 예술가로서 성장하면서 정체성을 확인하는 이야기라면 예술가소설로 불러도 될 만큼 유병삼의 고뇌도 잘 표현돼 있다. 예술가의 절망과 고독, 우울과 자살 충동의 관계를 작가는 다음과 같이 말한다.

> 고독하게, 철저히 고독하게 작품과 대결하는 자신의 모습을, 그것은 오랜 꿈이었고 그 꿈을 향하여 한국을 떠났던 것이다. 그러나 철저히 고독할 수도 없거니와 고독은 그가 상상했던 것처럼 행복한 것은 아니었다. 이방의 거리를 헤매는 것은 무서웠고, 낙엽을 밟으며 혼자 가는 마음에는 절망 이외 아무것도 없었다. 더러운 다락방은 자살 아니면 미칠 것 같은 충동을 주었다. 이런 현상은 재능에 대한 불신에서 온 것이었다. 어쩌면 파리에서의 생활은 자살에의 충동에서 늘 도망치는 그런 것이었는지도 모른다.
> 절망과 자살에의 충동을 극복했을 때, 병삼은 화필을 버렸고 성격에는 엄청난 변화가 왔다. 오늘의 병삼으로 변모한 것이다.
> (179-180쪽)

"예술가라는 것은 원색적 동물이어서 감정이 지성을 누를 때가 왕왕 있습니다. 세상에서는 흔히 문화인이라 하며 자숙을 강요합디다

만, 어떤 때는 미친개처럼 상대를 물어뜯을 때가 있습죠."(166쪽)

이 두 대목에서 예술가소설에서의 예술가의 고뇌가 엿보인다. 고독과의 대결이 절망이며, 그 절망의 끝에서 예술을 버리는 유병삼, 그리고 예술적 격정이 어떻게 성격 변화를 일으켰는지를 보여준다. 그런데 이 고독은 작가 박경리에게도 떼려야 뗄 수 없는 존재이다. 그러하기에 작가는 유병삼을 내세워 예술가의 고독이 사람을 변화시킬 만큼 강하다고 항변하고 있다. 실제로 박경리는 어느 대학의 한 문학 강의에서 예술가에게 고독은 근본이라고 말한 적이 있다.

"고독하지 않고 글을 쓴다면 참 이상한 일 아닙니까? 여러분들은 좀 자주 고독해 보세요. 고독하지 않고서 사물을 정확하게 판단하기는 어려운 일입니다. 고독은 즉 사고니까요. 사고는 창조의 틀이며 본(本)입니다."(박경리, 『문학을 지망하는 젊은이들에게』, 현대문학, 1995, 33쪽)

고독은 사고이며, 창조를 낳는다. 작가는 이렇게 고독을 단지 작가에게 내려진 형벌로서가 아니라 창조의 근본임을 내세운다. 이렇게 본다면, 『뱁새족』의 유병삼은 예술가로서의 고뇌를 표현하는 작가의 대리물이다. 그렇다고 해서 이 소설이 해피엔딩으로 끝나는 낭만적인 '예술가소설'은 아니다. 연극을 하던 양두연은 낙향하고 유병삼은 현실에서 화상畵商으로 새 출발하는 이야기로 마무리하고 있기 때문이다. 통례의 예술가 소설에서처럼 '예술가가 자기 한계를 뚫고 나아가는 일'은 박경리의 작품에서는 일어나지 않는다. 되레 유병삼은 화상이 되어 뱁새족의 대열에 합류한다. 그러나 소설 전체를 관통하는 유병삼의 예민한 렌즈는 예술가소설의 주인공에 비견될 만하다.

만약 이 책을 읽은 독자가 오늘날의『뱁새족』을 다시 쓴다면 연출가 양두연과 화가 유병삼을 어떻게 그리겠는가? 필자는 연출가로 성공하는 양두연, 화가로 성공하는 유병삼이 등장하는 낭만적인 예술가소설의 모습을 조심스레 바라본다. 찰리 채플린의 영화에서 비극은 희극의 뿌리이듯, 욕망의 무한루프는 곧 삶이기에 말이다.

뱁새족

초판 1쇄 인쇄 2024년 4월 22일
초판 1쇄 발행 2024년 5월 3일

지은이 박경리
펴낸이 김선식

부사장 김은영
콘텐츠사업2본부장 박현미
책임편집 곽수빈 **디자인** 정명희 **책임마케터** 최혜령
콘텐츠사업6팀장 임경섭 **콘텐츠사업6팀** 곽수빈, 임고운, 정명희
마케팅본부장 권장규 **마케팅1팀** 최혜령, 오서영, 문서희 **채널1팀** 박태준
미디어홍보본부장 정명찬 **브랜드관리팀** 안지혜, 오수미, 김은지, 이소영
뉴미디어팀 김민정, 이지은, 홍수경, 서가을, 문윤정, 이예주
크리에이티브팀 임유나, 박지수, 변승주, 김화정, 장세진, 박장미, 박주현
지식교양팀 이수인, 염아라, 석찬미, 김혜원, 백지은
편집관리팀 조세현, 김호주, 백설희 **저작권팀** 한승빈, 이슬, 윤제희
재무관리팀 하미선, 윤이경, 김재경, 이보람, 임혜정
인사총무팀 강미숙, 지석배, 김혜진, 황종원
제작관리팀 이소현, 김소영, 김진경, 최완규, 이지우, 박예찬
물류관리팀 김형기, 김선민, 주정훈, 김선진, 한유현, 전태연, 양문현, 이민운
외부스태프 교정교열 김가영 본문 조판 스튜디오 수박

펴낸곳 다산북스 **출판등록** 2005년 12월 23일 제313-2005-00277호
주소 경기도 파주시 회동길 490
전화 02-704-1724 **팩스** 02-703-2219
이메일 dasanbooks@dasanbooks.com
홈페이지 www.dasan.group **블로그** blog.naver.com/dasan_books
용지 아이피피 **인쇄** 한영문화사 **코팅 및 후가공** 평창피앤지 **제본** 국일문화사

ISBN 979-11-306-5246-7 (03810)